UNE AUTRE SAISON

TIPHAINE HUBERT

EDEN

Couverture : Shutterstock / Studio City

ISBN : 978-2-8246-1858-6
Code Hachette : 39 5419 6

Collection dirigée par Christian English & Frédéric Thibaud
Catalogues et manuscrits : city-editions.com/EDEN

Dépôt légal : Avril 2021

1

— Mais tu l'aimes toujours ?

— Je n'en suis plus certaine.

Nerveusement, Ursule rongeait la peau du coin de l'ongle de son pouce, tandis que sa cigarette s'étirait en une longue cendre.

— Sussu, tu vas finir par brûler ta frange.

Maud avait écarté son doigt abîmé d'un geste de la main. Elle était l'unique personne sans qui Ursule ne pouvait vivre.

Sa meilleure amie depuis un prêt de chouchou en CE2, pratique qui avait entretenu la présence de poux dans leurs chevelures brunes jusqu'à la grande crise de septembre 1992 où leurs parents avaient simultanément décidé que la coupe à la garçonne était de toute façon très en vogue. Ursule et Maud, alors au collège, avaient hérité du surnom de « lesbiennes pouilleuses » qui avait perduré jusqu'à ce qu'Ursule laisse Timothée passer ses mains sous son tee-shirt tandis qu'elle en avait aventuré une dans son pantalon et qu'il s'en était ensuite vanté auprès des trois cent quarante-sept élèves de leur bahut du XXe arrondissement de

Paris. Les filles avaient perdu leur surnom mais Ursule avait gagné en niveau de persécution, retrouvant des mots salaces et autres petits cadeaux dans son casier. Cela était allé jusqu'à une capote usagée dont elle avait voulu se débarrasser en la jetant dans les toilettes une fois chez elle. La loi de l'emmerdement maximum étant déjà à la mode, la bestiole n'avait rien trouvé de mieux que de remonter pour créer une belle embrouille entre ses parents ! Elle avait dû leur expliquer la présence de l'objet du délit puis répéter son histoire au proviseur qui était intervenu dans les classes pour parler de cet « odieux comportement ». Ursule avait tout de même tiré un principe de vie de cette mésaventure : ne jamais faire confiance à un mec qui porte trop d'eau de toilette, ça cache souvent des boules qui sentent la crevette.

— Je pensais que ce déménagement, c'était le point final à tous tes doutes.

— À croire que non.

À croire que non, effectivement. À Paris, elle avait son appartement, ses habitudes, et puis elle avait Maud et tous ses copains. Oui, elle avait passé ces dernières années à parler de changement, de déménagement ; d'un ailleurs toujours plus vert. Madrid, Montréal, La Réunion. Et puis Grenoble était arrivé sur le tapis. Grenoble. Presque la montagne, trois heures de Paris, trois heures de la mer. Une jolie maison en banlieue avec un jardin. Assez de place pour loger les copains, la famille, et peut-être finir par faire cet enfant qui serait ou ne serait pas, selon les mois. Le nouveau boulot d'Éric commençait en janvier, la mission d'Ursule se finissait en mai. Ils feraient les allers-retours quelque temps. Et ils en étaient là. Les allers-retours. C'était épuisant de devoir être heureux uniquement le week-end.

Dans son bain, elle repensait à tout ça. Elle se sentait seule. Seule et malheureuse. Pourtant, elle était contente d'avoir récupéré son espace. Depuis le départ d'Éric, elle avait réaménagé un peu : déplacé quelques lampes, rangé la vaisselle autrement, réorganisé le placard à linge et même mis des herbes de cuisine à pousser sur le balcon. Elle avait songé à repeindre les murs. Il faudrait bien le faire avant de revendre. Mais en vrai, elle ne voulait pas le revendre, cet appart. En vrai, elle voulait partir sans bouger, vivre autre chose, mais pas ça. En vrai, elle doutait sévère. Et si en fait, ça n'allait plus, peut-être qu'ils se trompaient tous les deux et que c'était déjà fini.

Ursule avait rencontré Éric lors de sa précédente mission, il y avait maintenant trois ans. Les choses étaient allées très vite. Quelques blagues échangées à la machine à café. Une chemise ouverte sur un beau torse musclé lors d'une soirée d'entreprise un peu trop arrosée. Une rose sur son clavier pour son anniversaire et un repas dans un restaurant branché qui remettait la rôtisserie au goût du jour. La soirée s'était finie chez lui et ils ne s'étaient plus vraiment quittés. Une chose en entraînant une autre, il avait emménagé chez elle, se plaignant un peu du manque de place mais ne boudant pas l'absence de loyer. Après avoir passé des années à s'éprendre d'un tas de garçons qui n'avaient fait que passer, elle trouvait Éric réconfortant. Lui, son torse velu, sa passion pour le sport et son empressement à dire d'elle qu'elle était sa femme. Et puis ne dit-on pas que plus les années avancent, moins les choses prennent de temps ?

Maud n'était pas sa plus grande fan, il fallait l'avouer. Elle avait tenté de raisonner Ursule :

— Une rose sur ton clavier ? Tu sais ce que tu m'as toujours dit à propos des petits cadeaux ?

— Si ça se mange pas, ça vaut pas le coup.

— Sussu : si ça se mange pas, ça vaut pas le coup !

Oui, oui, elle avait passé beaucoup de temps à le rêvasser, ce prince charmant. Il aurait les cheveux longs, un brin de fragilité, il serait mystérieux mais saurait se livrer et il porterait de gros pulls en laine à col roulé. Il aimerait la cuisine et le bon vin ; il aurait une retenue toute nordique mais saurait s'en défaire une fois la porte de leur chambre refermée. Elle en avait rêvé, de l'homme de sa vie qui vénérerait comme elle la tarte au citron faite maison, le crémeux d'un flan réussi, le croustillant et le parfum d'un pain aux olives. En attendant le bon, elle avait croqué chaque prétendant qui s'était présenté à sa porte. Qui les cheveux longs, qui le pull en laine. Celui-ci cuisinait comme un dieu, l'autre savait déchaîner les passions. Mais aucun n'était resté.

Et un jour elle avait eu trente-cinq ans, et autour d'elle tous étaient maqués. Les sorties s'étaient faites plus rares ; les week-ends entre potes, une plaie à organiser. Alors elle était tombée sur Éric. Éric qui ne mangeait que du blanc de poulet et détestait les fruits de mer. Éric qui se nourrissait de boissons hyperprotéinées le soir pour ne s'autoriser des « excès » que le week-end, et qui entretenait son corps splendide à la salle tous les jours. Éric qui était resté, lui. Avec lui, elle s'était mise à la course. Elle qui n'avait jamais pratiqué un sport de sa vie s'était prise au jeu. Cela avait commencé le dimanche matin, puis le mercredi soir… En quelques mois, elle avait pris l'habitude de courir seule quand il allait à la salle. Elle avait toujours été ainsi : se nourrissant des passions de celui qu'elle désirait. Il appréciait sa silhouette qui ne bougeait pas d'un pouce depuis qu'elle avait atteint la belle taille de 1,75 mètre à l'âge de quinze ans, tout en lui disant que son corps lui ferait payer ses excès en prenant de l'âge. Éric surveillait cependant pour eux deux la moindre des calories qu'ils absorbaient et dépensaient.

En général, tout le monde aimait Éric. Il était drôle. Elle avait trouvé en lui une part de légèreté qui avait été, au début, un grand bol d'air frais. Il en était même maladroit avec quelques verres de trop (qu'il faudrait éliminer par une séance ou deux d'exercices supplémentaires le moment venu). Surtout dans ses mots, qu'il rattrapait souvent par un « Oh, mais c'est pour rire. ». Ursule se contentait alors d'un haussement d'épaules gêné, s'en voulant d'ignorer parfois des propos blessants. Mais Éric savait chasser tout ça, avec son sourire charmeur et son corps de colosse antique.

Même si Maud et le reste du Gang étaient plus frileux sur le sujet. « On l'aime bien, mais… » S'ensuivaient des tergiversations sur le bien-être d'Ursule. Est-ce qu'elle l'aimait vraiment ? L'amour, Ursule avait essayé de trouver ce que c'était. Dans les yeux de tous les garçons, puis des hommes qu'elle avait connus entre ses seize et trente-cinq ans. En rencontrant Éric, elle s'était dit que c'était certainement ça, l'amour : quelqu'un qui voulait vivre près de vous, vous appelait sa femme et partageait sa passion pour les défis avec vous. Et c'était déjà bien.

Déjà bien. Voilà ce qui définissait sa vie. Elle avait des parents aimants qui s'étaient chargés de lui prodiguer une éducation correcte. Elle avait fait une scolarité exemplaire et pas plus de vagues que d'autres. À sa sortie du bac, elle avait choisi des études supérieures courtes qui lui avaient permis de travailler rapidement et de gagner son indépendance. Un petit héritage était venu compléter ce qu'elle avait mis de côté durant son alternance et lui avait permis, à vingt-trois ans, d'investir dans un appartement, à un moment où le prix de l'immobilier n'était pas encore indécent. Elle avait privilégié la sécurité à l'aventure, vivant son petit bout de vie entourée de ceux qui lui étaient les plus chers : Maud et le Gang. Elle avait voyagé à travers eux. Jiji à Londres, Paul au Danemark, Nathalie au Brésil et Maud, un semestre qui leur avait paru une éternité, à Barcelone. Tout ce petit monde était revenu, s'était construit, s'était marié, avait fait des bébés.

Maud avait rencontré Nadine sur le coup des vingt-huit ans. Elles s'étaient pacsées un automne. Et puis, il y avait cinq années, avaient décidé d'adopter un enfant. La petite Rose était arrivée trois ans plus tard, d'un autre pays, avec ses deux mamans, accueillie par une tatie Sussu en fondance extrême.

Pendant que chacun se construisait, Ursule avait l'impression de pouvoir estampiller ses années de prénoms masculins. Il y avait eu une amourette d'adolescence avec Jiji qui lui avait fait la gueule six mois parce qu'elle avait perdu sa virginité, peu de temps après leur rupture, avec le correspondant allemand de Maud. Un an avec Nathan durant leur DUT d'informatique en alternance. Année pendant laquelle le garçon s'était intéressé à elle en alternance avec les autres filles de la promo. Raphaël, et sa troupe de théâtre, qui voulait à tout prix lui faire un enfant. Antoine et son complexe d'Œdipe durant dix mois. Ronan qui l'infantilisait et à qui elle avait fini par demander pardon d'avoir mal repassé ses chemises. Et aussi Geoffrey qui lui demandait tellement son consentement que le sexe n'était plus que politesse et extrême frustration. Entre ce méli-mélo de mois ou d'années, il y avait eu des nuits. Plein de nuits uniques, qu'elle s'accordait en partie pour venger l'adolescente frustrée qui avait l'impression de ne jamais plaire. Elle avait consommé en espérant tomber sur le bon. Alors, quand elle avait compris qu'Éric ne disparaîtrait pas après une nuit ou deux, c'est ce qu'elle s'était dit : tout était plutôt bien.

Mais là, après avoir boulotté des éclairs à la rose arrosés de latte avec Maud (425 Kcal), elle se posait des questions. Pour finir, la pire lui grignotait le cerveau : est-ce que tout ne devrait pas être plus facile ? Elle mit la tête sous l'eau. Sur le tabouret en bois, son téléphone vibra. Un texto d'Éric. Lui qui ne devait venir que la semaine suivante serait là demain. C'était peut-être ce qu'il lui fallait ! Il dissiperait ses doutes. Le manque lui brouillait l'esprit.

Le lendemain, Ursule prit le temps de se maquiller. Fond de teint, blush, mascara et eye-liner. Éric jouait les mystérieux : rendez-vous à 14 heures. Il lui avait demandé de le rejoindre au jardin des plantes. Ce n'était pas dans ses habitudes de faire des surprises. La dernière en date… eh bien c'était cette foutue rose sur son clavier, trois ans auparavant. Un doute la prit soudain. Un de ceux qui vous creusent le bide et vous vident la tête pour vous mettre les yeux en trou d'épingle. Et s'il la demandait en mariage ?

2

Il ne l'avait pas demandée en mariage. Il avait rompu.

— Mais quel zob de jambonneau celui-là !

Maud était forte pour ce qui était des insultes absurdes.

Éric avait rencontré quelqu'un là-bas, à Grenoble. Il ne s'y attendait pas. Ça lui était tombé dessus. Il ne s'était pas passé grand-chose. Enfin oui, ils avaient couché ensemble, et ils étaient indéniablement amoureux, mais il voulait être correct avec Ursule et lui en parler avant que cela ne devienne plus sérieux. Qu'est-ce qu'il attendait d'elle, nom d'un Pinocchio en slip ?! Qu'elle absolve ses péchés ? Qu'elle sourie en lui disant que c'était merveilleux et qu'elle lui souhaitait d'être heureux ? Que c'était finalement mieux ainsi ? Ursule n'était pas allée jusqu'à lui dire que c'était merveilleux. Mais elle lui avait tout de même souhaité d'être heureux. Et aussi dit que c'était mieux ainsi. Ça faisait mal, mais elle le pensait. Ce qui faisait le plus mal, certainement, c'était d'être en train de se rendre compte que si ça lui était difficile de remettre toute sa vie en cause, cela avait été assez naturel pour Éric.

Elle était le seul gravier dans sa chaussure. Gravier qu'il venait d'éjecter sans grande effusion en finissant la conversation en fermant les yeux pour apprécier la douceur d'un petit éclat de soleil printanier.

J + 7 post-rupture. Ursule avait passé la journée avec Nadine et Maud. Un brunch assises par terre à empêcher Rose de jeter son ballon dans leurs cafés. Une après-midi à raconter sa vie entre deux tours de toboggan et trois hurlements dans le parc d'à côté. À 18 heures, Nadine avait jeté l'éponge face aux regards désespérés de sa douce.

— C'est bon, allez faire votre cinéma. Mais je vous préviens, vous me devez une soirée !

Ursule promit un baby-sitting et elles l'embrassèrent bruyamment avant de filer sous les hurlements d'indignation de la petite.

— Merde à sa décontraction, Ursule. Merde !

Maud marchait avec férocité sur le boulevard les menant au cinéma.

— De toute façon, je n'étais plus certaine de rien. J'aurais peut-être fini par le quitter.

Maud avait continué, tête baissée comme un taureau prêt à fondre sur d'embêtants toréadors, au grand dam de ceux qui croisaient leur route.

— Mais t'es incroyable ! Il y a six mois, c'était l'amour de ta vie et tu te voyais le suivre à Grenoble, il te trompe et tu te dis que c'est mieux comme ça ? Tu ressens rien ?

Sans réponse de son amie, elle prit un instant pour jeter un coup d'œil dans le rétro. Merde, Ursule était plantée à quelques mètres d'elle, les bras ballants.

— Beh Sussu !

En entendant ce petit nom que seuls ses proches utilisaient, Ursule se mit à pleurer à grosses larmes. C'étaient toutes celles qu'elle avait retenues durant la semaine qui dégringolaient maintenant, façon Alice au Pays des merveilles, coincée dans la petite maison du lapin.

— Je suis désolée ! Je suis désolée ! Viens, on va boire un verre. Il avait pas l'air si bien que ça, ce film.

Une fois qu'elles furent assises au bar à bières fancy au coin de l'avenue de France, Ursule sortit un paquet de mouchoirs de son sac et tamponna ses yeux en pensant à son eye-liner courageusement posé ce matin. Elle avait déjà l'impression d'imposer sa présence à Nadine, alors un peu d'eye-liner pour donner le change, c'était pas cher payé. Elle avait mis un peu d'anticerne aussi… contre la pitié des nuits agitées. Et puis quand sa BB crème et sa poudre lui étaient tombées sous la main, elle s'était dit qu'il y avait quand même une différence entre donner le change et cacher la misère. Elle avait ajouté un coup de rouge à lèvres et une bouteille de prosecco dans son sac. Et maintenant, le prosecco était vide, la pitié avait pris le dessus et elle tamponnait sur ses joues son tracé de noir censé la rendre plus présentable. Maud commanda pour elles. Un verre de chardonnay, une pinte de bière rousse avec un sirop de pomme et une assiette de nachos avec des beignets de mozzarella.

— Tu bois du vin dans un bar à bières, Maud.

— Je boirai un lait fraise si ça me chante. La bière me fait roter. J'aime pas ça.

— Tu préfères boire un mauvais vin à une bonne bière. Je comprendrai jamais.

— T'es à deux doigts de me dire que j'ai mauvais goût alors que la chose la plus vieille que je me traîne, c'est toi. Tu t'insultes ou tu me parles ?

Maud avait toujours raison quand Ursule avait tort. Parfois, elle se demandait si le contraire était aussi valable. Si sa meilleure amie savait combien, après tant d'années, elle pouvait compter sur elle. Parfois, Ursule se disait que cela faisait longtemps que Maud n'avait pas eu besoin d'un bout de canapé, d'une écoute exclusive, d'une soirée sauvetage. Il y avait bien eu ses doutes quand elle avait eu envie d'un enfant et que Nadine n'était pas certaine. Il y avait eu les longs mois d'attente et le couple qui en prend un coup. Les premiers jours avec Rose deux ans auparavant. Les nuits sans sommeil qui se prolongeaient par des journées de pleurs et d'épuisement où Ursule venait, le temps d'une grosse sieste, récupérer la petite.

Mais il lui semblait qu'« elle » n'était qu'un puits de troubles sans fond. Il y avait eu ses années de célibat devenues encombrantes la trentaine bien entamée. Son boulanger, dont elle était tombée follement amoureuse et qui, lui, aimait la diversité. Son thérapeute qui avait fini par la persécuter jusque chez elle quand elle avait dit qu'elle voulait arrêter ses séances parce qu'elle trouvait que le climat n'était plus celui dans lequel elle s'épanouissait. Formule trouvée après une grosse discussion avec Maud et qui, à posteriori, avait peut-être manqué de clarté. Et puis la jolie Margot que Maud avait longtemps appelée sa « pré-crise de la quarantaine » et avec qui ça n'était pas allé bien loin parce que, définitivement, non, elle n'était pas bi. Et puis Éric. En trois phases : « Pourquoi pas Éric ? », « Mais oui Éric ! », et la dernière récemment intitulée « Putain d'Éric ».

— Putain d'Éric. Je l'ai jamais senti ce gars, tu sais ma Sussu. Déjà, il ne voulait pas que vous consommiez de sucre. Que VOUS ! Tu vois tout ce qui cloche dans cette phrase ? Et puis le sucre et toi Sussu ! Les chouquettes, les macarons, les muffins au caramel. Ton pain de banane… J'aurais mordu Éric pour pouvoir goûter ton pain de banane encore une fois.

— Je peux refaire du pain de banane.

— Ursule : tu DOIS refaire ton pain de banane ! Tu dois te réapproprier ta vie !

Alors c'était donc ça ? Pendant trois ans, elle s'était totalement trompée ? Totalement perdue ? Elle était si influencée par l'impression d'avoir rencontré la perle rare qu'elle était vraiment passée à côté d'elle durant trois années ? Elle avait l'impression de se réveiller pour tomber dans un cauchemar. Elle se rappelait combien elle se moquait de leurs anciennes camarades de classe qui avaient eu vite fait de se trouver un Jules qu'elles épouseraient après leur diplôme. Mais elle ne valait finalement pas mieux avec ses angoisses, la quarantaine approchant, de n'avoir personne. Ah, elle était belle celle qui se vantait de ne pas se construire selon les schémas imposés par la société en prônant sa liberté à tout prix ! Partager son espace de vie ? Très peu pour elle. Sa plus longue relation, avant Éric, remontait finalement à ses vingt ans et ses presque quatorze mois avec Nathan. Une relation orageuse avec ses mensonges et ses portes qui claquent sur des prénoms d'autres filles, hurlés par l'un ou par l'autre. Elle l'avait croisé quelques mois plus tôt, pour un café. Toujours ses cheveux fous et ses grands yeux noirs, ternis par un costume, une cravate, une petite serviette de cuir et l'haleine alcoolisée de celui qui descend du train et a traîné son ennui au wagon-bar. Costume et cravate qui, par contre, ne la gênaient pas quand ils étaient portés par Éric.

— Mais non, tu t'es pas trompée sur tout. Ça avait l'air d'avoir ses bons côtés d'être avec Mister Tout. Déjà, il avait de quoi te tenir chaud l'hiver. Et puis… tu as amélioré tes temps en running ! Et tu sais faire plein de choses juste avec le blanc des œufs.

Maud avait l'air de dépenser beaucoup d'énergie à racler le fin fond du tiroir de ses souvenirs avec la minuscule étincelle de gentillesse qu'elle avait portée à Éric. Elle en extrayait de bien piètres arguments. Pourtant, oui, avec Éric, il y avait eu de bons moments.

Déjà, il aimait bien voyager. En trois ans, ils avaient fait un trek en Patagonie, une randonnée de quatre jours au Japon, et passé une semaine en traîneau en Laponie. Bon, c'est vrai que l'emploi du temps laissait peu de temps aux découvertes culturelles et à l'appréciation de la gastronomie locale. *Exit* aussi les siestes au soleil ou les heures de lecture. Et s'ils avaient bien profité des saunas, onsens ou autres piscines, c'était surtout pour soulager leurs corps endoloris par l'effort. Mais c'était quand même de bons moments qui allaient rester de bons souvenirs. Même s'ils avaient, loin de chez eux, de grosses disputes qu'ils mettaient sur le compte de la force de ce qu'ils étaient en train de vivre. Argument qui devenait le poids de la routine quand il s'agissait de disputes survenant à domicile.

— Mais non Sussu, tu avais peut-être besoin d'essayer autre chose. Tu as toujours eu un souci avec les garçons. Avant Éric, ils étaient tellement nombreux à passer vite dans ta vie que j'ai fini par croire que tu les bouffais ! Bon, bah là, tu as eu besoin d'un temps où quelqu'un prenait beaucoup de décisions pour toi ! Toi qui as toujours été très indépendante…

Ursule se remit à pleurer à gros sanglots. Trois ans d'état larvaire. C'est le moment que le garçon, un bel Australien d'à peine une vingtaine d'années, choisit pour leur apporter leurs consommations. Il posa le verre de vin devant Ursule, la bière devant Maud et au centre, l'assiette de nachos et le cornet de beignets. Il disposa quelques serviettes en papier, sourit à Ursule et en ajouta quelques-unes.

— *Everything is OK* ?

— Ouais, ouais, *everything is OK*. C'est bon, c'est bon, le chassa Maud en faisant l'échange de verres.

— La théorie des cheveux courts ?

— Mais j'ai raison ! Il a rien demandé et a posé la bière devant moi parce que j'ai les cheveux courts. Hop, lesbienne.

— Mais tu es lesbienne.

— Oui, mais j'aurais pu ne pas l'être. J'ai les cheveux courts parce qu'avec ma forme de visage, c'est sexy. Si j'avais été un mec qui aime pas la bière, il aurait fait la même chose parce que tu es trop femme pour boire une pinte de bière. C'est sexiste. Point.

Ursule avait parfois envie de dire à Maud que ses théories étaient tirées par les cheveux. Mais son amie lui avait tellement de fois prouvé qu'elle avait bel et bien raison qu'elle avait fini par se dire qu'elle lui faisait confiance et qu'elle finirait, elle aussi, par comprendre les tréfonds du mécanisme du patriarcat.

Elle nota sur sa liste mentale des choses à reprendre en main : emprunter des livres à Maud. Ce qu'elle ne faisait plus parce qu'Éric avait traité Maud de mégère en découvrant *King Kong théorie* de Despentes un soir sur sa table de nuit. Elle avait rendu l'ouvrage à son amie en lui disant qu'elle n'arrivait pas à se mettre dedans. Une vraie larve.

— Mais quelle chance tu as ! Trois ans de bonnes lectures à rattraper et plein de magnifiques textes à découvrir ! Et Sussu, l'état larvaire c'est pour les insectes. Alors tu sors de ton cocon en tant que mouche et tu restes sur ton caca, ou alors tu deviens un papillon. C'est toi qui choisis !

— Un cocon !

Un cocon, c'est ça dont elle avait besoin ! Un lieu où se reconstruire. Un temps où elle pourrait se concentrer sur elle-même et réfléchir à la suite. Une pause dans sa vie loin de tout et même de tout le monde. Et elle pourrait lire et se mettre au yoga.

— Un cocon, oui ? T'as l'air d'avoir vu la Vierge, Sussu.

— Pas la Vierge, Maud ! La lumière ! C'est ça qu'il me faut. Un cocon.

— Tu vas quand même pas nous faire une dépression couette, canapé et chocolat, hein !

Non. Enfin peut-être si, un peu. « Canapé, couette, chocolat » était inévitable. Ça avait déjà commencé et il fallait la rebaptiser « prosecco, pizza, Netflix ». Mais Ursule avait autre chose en tête, elle commençait à voir les planètes s'aligner.

— Promis, je reviens pas chouiner dans trois mois parce que j'ai pris cinq kilos. Et je vais te faire du pain de banane. Tu as raison, il faut que je réfléchisse à mes besoins et… à la suite.

Il était temps qu'elle prenne son envol.

3

Une fois rentrée chez elle, Ursule se mit au lit pour une raisonnable et bonne nuit de sommeil qui porterait forcément conseil. Mais une fois couchée, impossible pour elle de fermer l'œil. Un cocon. Voilà ce qu'elle avait en tête. À la fin du mois, elle quitterait sa SSII. C'était le moment d'agir.

Elle qui avait toujours détesté bosser pour de grosses boîtes ne regrettait pas de ne pas avoir à expliquer qu'elle ne déménagerait finalement pas à Grenoble. Elle savait que le pot de départ serait vite expédié. Une opération sans douleur où elle apporterait quelques tartes aux fruits et autant de bouteilles de cidre, pour repartir, le soir venu, avec un cactus, un bon d'achat dans une quelconque enseigne ou peut-être une bonne bouteille. Finir sa mission lui permettait d'avoir le temps de voir venir les choses. Elle avait de l'argent de côté, elle était propriétaire de son trente-cinq mètres carrés bien placé et n'aurait aucun mal à se faire réengager dans une nouvelle boîte, le moment venu. L'été allait bientôt frapper à la porte de cette détestable année. Paris allait se vider. Rester à Paris ou partir ? Un mois, deux mois ? Trois mois. Un pour se remettre. Un pour réfléchir à la suite. Un pour préparer son retour. Pas plus, pas moins.

Elle finit par allumer à nouveau la lumière et attraper son ordinateur portable sous sa table de nuit.

— Retraite dans un couvent.

Levée à 6 heures. Participation à la vie collective… Prières… Non, ce n'était peut-être pas le bon cadre pour elle qui n'était pas croyante, ni même baptisée. Quelques pages de recherches plus tard, elle tombait sur une librairie en Écosse qui avait été transformée en Airbnb. L'été dans un petit village de la campagne écossaise. Mille habitants, tartan et whisky, beaux rouquins au regard clair, lecture et shortbread. *Why not ?* Louer The Open Book pour trois mois lui reviendrait à quelque chose comme quatre mille euros. Un beau trou dans ses économies… mais ça en vaudrait certainement la peine. Le magazine en ligne donnait le lien vers le site de location. Ah, l'article sur lequel elle était tombée datait un peu : la chambre avait, entre-temps, pris dix euros. On tournait déjà plus autour de cinq mille euros pour les trois mois… Elle pourrait couvrir une partie des frais en mettant son appartement en location ! Elle cliqua sur le formulaire de réservation. Beaucoup de cases apparurent grisées. Quasiment toutes sur le mois de mai… et la totalité sur juin, juillet, août ! Le logement était victime de son succès. Les avis, tous plus élogieux les uns que les autres, narguaient Ursule du coin de la page.

— Tant pis, de toute façon, je n'aurais pas su résister au charme du Jamie Fraser[1] local et ce n'est pas l'esprit de la démarche...

Surtout pas après ce que lui avait dit Maud durant la soirée. Avait-elle vraiment été compulsive avec les hommes ? Peut-être que Maud avait raison... Peut-être même qu'à un moment, Ursule s'était dit que toutes ces rencontres étaient devenues de trop et cela correspondait avec l'arrivée d'Éric dans sa vie... Il était devenu une sorte de solution. Ursule n'éprouvait cependant aucun regret à avoir fait toutes ces rencontres. Non, à y réfléchir, elle trouvait que le problème, c'était sa façon de faire. Elle tombait amoureuse ! En adoration ! Elle avait toujours eu son kif du moment, qu'elle portait aux nues, défendait jusqu'à être agressive et dont elle jalousait celles qui osaient vouloir s'avancer sur le même terrain qu'elle. Au lycée, avec une réputation neutre et une protection 100 % assurée par le Gang, elle avait visé les plus beaux. Ceux dont tout le monde parlait, ceux qui étaient enviés. Même Jiji... le charmant et talentueux Jiji, qui jouissait d'un emploi du temps arrangé et était déjà pressenti pour brûler les planches. Et hormis son écart à ses côtés – Jiji était aussi la gentillesse incarnée –, elle était surtout sortie avec de petites brutes, plus bêtes que méchantes, qui avaient piétiné son cœur et les quelques mois, semaines et parfois jours, où elle avait crié au monde entier combien ce garçon était la perfection même. Et puis avec le temps, son petit cœur était devenu plus prompt à s'arranger de la réalité. Certes, il continuait à déborder pour de

1. Référence à la série TV *Outlander*, tirée des livres de Diana Gabaldon *Le Chardon et le Tartan*.

larges épaules qui parlaient physique quantique comme du beau temps ou pour un regard velouté qui cuisinait devant elle la sauce tomate de sa grand-mère, mais il s'apaisait avec un bon moment, prêt à repartir pour d'autres aventures. Parfois un peu ébranlé, parfois un peu chahuté… il fallait le reconnaître. Et puis il y a trois ans, Ursule avait remballé ses élans romantiques pour se cacher dans la rassurante relation que lui proposait Éric. Asseyant enfin quelqu'un à ses côtés pour les repas du dimanche…

Trente-huit ans à courir après l'aval des hommes, en se moquant de celles qui visaient la vie maritale comme la sainte gloire en s'encanaillant entre les pages d'un *Fifty Shades of Grey*, pour s'apercevoir qu'elle était devenue la presque quarantenaire la plus délavée de France. Non ! Pas d'Écosse, ni d'Irlande, ni d'Islande ! Aucun pays dont le nom ferait écho à son envie soudaine de grand blond aux yeux bleus, collé dans un pull en laine aux motifs traditionnels.

Sa recherche dans l'humanitaire ne la menait pas beaucoup plus loin. Où étaient les sites qui proposaient de construire des puits en Afrique ? de prendre soin d'orangs-outans en Amazonie ? d'aider à l'instruction des petites filles en Chine ? Elle consulta à tout hasard un site de woofing mais la moyenne d'âge des personnes racontant leurs expériences était de vingt-trois ans. Peut-être pas la meilleure idée non plus.

Non, ce qu'elle voulait, c'était s'extraire de sa vie parisienne. Un lieu qui l'éloignerait de son quotidien. Un endroit où expérimenter la solitude. Un refuge qui ne lui serait peut-être pas totalement inconnu et qui la ferait renouer avec elle-même. Quelque chose en pleine nature lui plairait assez… Loin de la mer pour éviter la foule de vacanciers estivale, mais pas trop loin de la civilisation non plus. Quelque chose comme la maison des grands-parents de Maud, dans les Cévennes. Celle où elles étaient allées plusieurs fois lorsqu'elles étaient petites, jusqu'à ce que l'adolescence leur interdise les vacances en famille. Avec sa jolie façade en pierres et son jardin en cascade. Ses arbustes aromatiques et ses grands figuiers. Le chant des cigales et le goût des biscuits à l'anis. C'était ça qu'il lui fallait : un cocon – madeleine de Proust.

7 h 30, le nez dans son café, Ursule avait les yeux qui piquent.

Son téléphone meugla à côté de son « miam aux fruits ». Ça, cette énorme assiette de banane écrasée recouverte de fruits et de graines, c'était peut-être l'une des seules choses qu'elle garderait d'Éric. Même s'il lui reprochait de la manger en regardant son téléphone et pas en pleine conscience. À chacun ses moments sacrés du matin. Au téléphone, c'était Maud :

— Ursule, tout va bien ?

Son prénom en entier, ce n'était pas banal.

— Oui, très bien ! Et toi ?

— Bah, je ne sais pas encore. J'attends de savoir pourquoi j'ai reçu un message de toi à 3 heures cette nuit, qui dit : « Appelle-moi dès que tu peux, c'est urgent ! »

Ursule avait oublié que, dans son entrain cette nuit, elle avait tout de suite voulu prévenir son amie.

— Oh ! Maud, je crois que j'ai trouvé mon cocon. Tes parents, ils l'ont toujours, la baraque dans les Cévennes ?

— Oui… Depuis le décès de mes grands-parents, elle nous appartient. À mes parents, à Éliane et moi.

— Et quelqu'un l'utilise ? Vous l'avez relouée ?

— Oh chouchou, c'était déjà une vieille maison quand on avait cinq ans, alors maintenant, c'est une ruine. La dernière fois que j'y ai mis les pieds, c'était avec toi, quand on avait treize ou quatorze ans. Et elle n'est plus entretenue depuis que ma grand-mère est venue vivre chez nous, il y a quinze ans.

Quinze ans… ça faisait quoi ça, exactement, en âge de maison ? Pour un humain c'était, pour sûr, un âge un peu nul. Trop grand pour rester petit et trop jeune pour être solide… même si trente-huit, immédiatement, ne lui paraissait en rien préférable… Pour un chat, c'était un âge certain. Ça, elle le savait. Mimi était partie à l'orée de ses dix-neuf ans, il y avait presque trois ans. Éric et Ursule avaient emménagé ensemble dans la foulée. Il n'avait pas voulu qu'elle reprenne un chat quand les portées de petites créatures à sauver s'étaient fait légion sur les réseaux sociaux. Les arguments étaient nombreux : les poils. La bouffe. La caisse. Et peut-être même ce qui ressemblait à un début d'allergie, maintenant qu'il y pensait. Et puis, avait-elle vraiment fini son deuil de Mimi ? Cette petite chatte blanche qui l'avait accompagnée durant dix-neuf ans ! Quatre-vingt-quatorze ans en âge de petites pattes. Mais une maison, c'était le contraire, non ? Quinze ans, ce n'était qu'un instant dans sa vie…

— Oh… mais elle existe toujours ? Et elle vous appartient toujours ?

— Oui, oui ! Et tu sais qui pourrait mieux que moi te renseigner dessus ? Éliane. Elle y est allée l'été dernier avec quelques copains. Elle voudrait la faire revivre, alors ils ont débroussaillé un peu et campé dans le jardin. Mais tu sais, c'est la jungle là-bas… et toi… t'es pas hyper Jane.

— Jane était pas très Jane avant de devenir Jane. Enfin, tu vois ce que je veux dire…

— Bon chouchou, j'ai Rose en culotte et je la dépose dans vingt minutes chez la nounou. Appelle Éliane et tiens-moi au courant. Tu partirais combien de temps ?

— Trois mois.

— Trois mois ? répéta Maud en imitant le chat du film d'Alain Chabat. Eh bah ma Sussu, ça donne le temps de cogiter, c'est certain. Mais aussi de commencer à s'habiller avec des feuilles et de parler à un vieux ballon maquillé en Tom Hanks. On en reparle vite.

Le plus important, maintenant, c'était de faire un point avec ceux qui la connaissaient plus que quiconque. Il fallait rameuter le Gang.

Trois jours plus tard, ils étaient tous là, à la regarder en se mordillant le bord d'une lèvre, le gras du pouce ou encore une mèche de cheveux. Ils avaient tous répondu à l'appel, comme quand ils avaient dix-sept ans.

Jiji était là avant qu'elle n'arrive. Le beau garçon, à qui on avait fait jouer Roméo au moins trois fois entre l'école primaire et la fin de son lycée, était bel et bien devenu comédien. Si personne n'avait été surpris qu'il entame avec succès sa carrière dans le monde du théâtre, son passage à la Comédie-Française avait définitivement fait taire ceux qui persiflaient encore qu'il n'était qu'une belle gueule. C'était pourtant bien vrai : Jean-Joris, de son vrai prénom que peu utilisaient, était très beau. C'est du moins la réflexion que se fit Ursule, en sortant du métro et en l'apercevant, tout à son livre, seul en terrasse, à la grande table qu'il leur avait réservée. Ce n'était pas uniquement physique, c'était l'ambiance qu'il mettait là où il se trouvait. Il n'était pas seulement décoratif, non, il était trop plein pour ça. C'était plutôt comme si les éléments qui l'entouraient se transformaient pour pouvoir le mettre en valeur. Sur une photo, Jiji aurait été à l'emplacement idéal, sous la lumière parfaite, avec l'attitude exacte de celui qui est. D'ailleurs, Ursule ne put s'en empêcher. Elle dégaina son téléphone pour immortaliser ce moment magistralement instagrammable :

#bistroparisien
#parismonamour
#hotdudesreading

Il la prit dans ses bras pour la serrer bien fort. C'était un tendre. Un garçon sympathique et sensuel dans le sens propre de ces deux mots. Il lui demanda comment elle allait mais elle préféra parler de lui en attendant les autres. Cela faisait une paire d'années qu'il ne s'était pas beaucoup reposé, alors il avait décidé que 2018 serait un peu plus calme. Il revenait d'une semaine dans le sud de l'Espagne où Nadjia et lui avaient fêté leurs quatre ans de mariage. Il avait accepté de poser pour une marque de vêtements français, une faveur faite à leur amie Nathalie, dont la campagne de pub apparaîtrait à tous les coins de rue à la rentrée. Il travaillait une pièce pour Avignon et ensuite, il se permettrait de prendre à nouveau un peu de repos. Rien de prévu pour l'instant. Nadjia traînait un peu à parler vacances alors qu'ils en revenaient. Et puis il y avait du remue-ménage dans son service. Ce n'était pas un temps à être infirmière.

Nathalie ne tarda pas à se montrer. L'élégance même, avec son pantalon de suédine marron et son haut de soie à manches papillon qui découvrait ses jolies épaules. « Ni soie ni suédine, avait-elle dit devant les compliments. Tout est vegan et fait en France. » Elle était loin, la petite fille qui se cachait dans les jupes colorées de sa mère qui parlait un français mâtiné de bambara, cette langue venue du Mali à Montreuil. Elle avait apporté un petit présent de sa boutique pour remonter le moral d'Ursule. Maud arriva dans la foulée, en annonçant qu'elle ne pourrait pas rester très longtemps. Les soirées en ce moment étaient épuisantes : elle et Nadine affrontaient les enfers du terrible two ! Les deux ans de l'horreur, le non et les colères pour toutes réponses de l'adorable petite Rose une fois passées 18 heures. Aujourd'hui était cependant une bonne journée. Maud avait donné son dernier cours de français de 15 à 18 heures, à des lycéens qu'elle avait réussi à intéresser au féminisme en mettant en parallèle textes classiques, textes modernes, chansons actuelles et bandes dessinées. Après ce bras de fer culturel qu'elle répétait tous les jeudis, elle avait l'habitude d'aller à la salle pour une bonne grosse heure de défoulement physique.

Le lundi, Nadine allait à son club de lecture, le jeudi, Maud était à la boxe et le samedi matin, aucune des deux n'avait le droit de se défiler : c'était bébés nageurs pour toute la famille. Une organisation serrée que Nadine et Maud avaient mise en place pour essayer de survivre à la vie de deux jeunes mamans parisiennes actives. Mais ce soir, Maud avait annulé sa séance de boxe pour répondre à l'appel d'Ursule.

Paul arriva, comme à son habitude, en retard. Il ne le faisait pas exprès, ils le savaient tous. Au dernier moment, il avait dû décider de faire sa vaisselle, se rappeler qu'il leur fallait une brique de lait ou encore s'endormir sur le canapé et être réveillé par le très patient Joël qui lui avait rappelé son rendez-vous. Au lycée, le Gang avait appris à commencer souvent sans lui. Il avait de grandes jambes, il les rattraperait toujours.

4

Une fois tous assis à table, boissons et nouvelles des enfants demandées, Paul déclara :

— Moi, je l'aimais bien Éric.

Ursule fit la moue.

— Il t'aimait pas trop…

— En fait, je l'ai toujours senti un peu homophobe.

— Pas du tout ! C'est ton taf, il trouvait ça étrange…

— C'est pourtant Jiji qu'a le taf de pédé.

Paul, c'était… Paul. Leur pote qui avait toujours fait une ou deux têtes de plus que le reste du monde et à qui les profs avaient souvent dit que les courants d'air qu'il rencontrait là-haut ne lui apportaient décidément que de la bêtise. Il avait le don de vous débiter des âneries sans se départir de son flegme, que ceux qui le connaissaient mal trouvaient parfois désarmant. Le Gang, lui, le connaissait bien. Paul, la tête dans les nuages, était aussi celui qui toquait chez vous quand vous aviez le cœur lourd, pour un film et un plat de pop-corn. Quand il n'était pas à faire le marchand de tapis pour sa boîte, il aimait lire de la poésie et regarder les films de la nouvelle vague. Oui, le Gang le connaissait bien. Assez pour le sermonner tout en l'aimant très fort.

— Paul ! Ça se dit pas, ça ! s'offusqua Ursule. Et puis, il était pas homophobe !

— C'est avec cette bouche-là que t'embrasse ta mère ! s'insurgea Jiji !

— C'est pas pareil si c'est moi qui le dis, les rassura-t-il. C'est tendre.

— C'est pas tendre à l'oreille en tout cas, lui assura Nathalie.

— Ni pour mon job ! renchérit Jiji.

— Ça va, ça va... pardon. Me lancez pas des pierres. Mon taf ? reprit Paul. Je suis commercial, je suis pas... naturopathe.

— Je préférerais, moi ! lui dit Jiji.

— Ouais, moi aussi ! assura Maud.

— Bon, on n'est pas là pour mon changement de carrière. Ursule. J'ai pas tout compris ton truc de cocon. Tu veux te mettre au tricot ? Construire un machin ?

Alors elle leur expliqua. Éric qu'elle ne rejoindrait pas. Son appartement qui ne serait pas vendu. La fin de sa mission. Son idée de retraite. Trois mois dans les Cévennes, dans la maison des grands-parents de Maud. Elle avait eu Éliane au téléphone, qui était folle de joie à l'idée que la maison soit habitée cet été. En échange de cette location à titre gracieux, Ursule filerait un coup de main pour la remise en état. Éliane et ses amis avaient rendu la cuisine fonctionnelle. Ils avaient aussi rafraîchi la seule chambre du rez-de-chaussée qu'il faudrait dépoussiérer en arrivant. Le jardin avait été totalement débroussaillé mais il faudrait lui mettre un sacré coup de tondeuse. La bonne nouvelle dans tout cela, c'était donc qu'elle avait une cuisine, une chambre et même un jardin qui n'allait pas trop lui donner de fil à retordre !

— Oui, enfin, il va te falloir passer la tondeuse. Tu n'as pas de jardin, tes parents n'ont pas de jardin, tes grands-parents n'ont pas de jardin et je pense qu'on peut remonter quelques générations avant de trouver des paysans, dans ton arbre généalogique, qui coupaient les champs de blé à la faux, objecta Paul.

— Une cuisine, une chambre… tu as une salle de bains aussi ? s'inquiéta Nathalie.

Elle mettait le doigt sur quelque chose. La maison avait deux salles de bains. Celle d'en haut contenait une baignoire mais elle n'avait pas été utilisée depuis de nombreuses années car le couple âgé avait renoncé à s'en servir. Ils avaient fait installer quelque chose de plus pratique, à côté de la chambre, au rez-de-chaussée. Une petite cabine de douche toute simple… dans la cuisine. Ce n'était pas le grand luxe mais au moins, il y avait l'eau courante !

— Et les toilettes ? s'inquiéta Nathalie.

La très douce Nathalie. C'était Paul qui l'avait présentée au restant du groupe quand ils devaient avoir quatorze ans. Isolé dans la contrée lointaine de la quatrième B, alors que tous étaient en C, il avait ramené de cet exotique pays une chose toute timide dans ses débardeurs à fleurs de petite fille, alors que Maud et Ursule traversaient leur période Madonna. Et pas la meilleure… Mais Nathalie aimait les séries télé, alors elle s'était plutôt bien fondue dans le paysage. Comme le groupe, elle avait développé une passion pour la Trilogie du samedi et participait avec beaucoup d'enthousiasme aux résumés des épisodes les lundis matin. Discussions qui se faisaient avant de passer la grille du collège, cachés dans le bosquet d'arbres du parc voisin, autour de leurs premières clopes, qu'elle avait toujours refusées. Nathalie avait des chewing-gums dans son sac si les filles n'en avaient pas. Nathalie avait été la première à deviner qu'elle ne sortirait jamais avec Paul mais que Jiji en baverait avec Ursule. Nathalie soignait les crises d'amertume entre Maud et Ursule, sans jamais chercher à prendre la place de l'une ou de l'autre. Elle était une bonne dose de beurre salé dans la purée de leur adolescence. Alors quand Ursule releva deux yeux un peu brouillés sur elle pour répondre : « … dans le jardin », elle lui serra fort la main en attrapant son regard.

— Très bien ! C'est… ça… ça va te changer ! Et… c'est drôle ! Hein que c'est drôle ?

Elle fit les gros yeux au reste de la table.

— C'est drôle, ça va être une bonne expérience.

— Tu vas vraiment vivre là-bas trois mois ? Toute seule ?

Elle tchipa à l'attention de Jiji qui prit un air contrit. Maud intervint.

— Je lui ai déjà dit tout ça. Mais y a presque quarante ans de tête de mule dans cette bonne femme.

Ursule ne pouvait plus se contenir et elle en avait marre de pleurer. Elle mit ses deux mains sur la table et se redressa en les regardant tous à tour de rôle.

— Merde, je vous dis pas que je vais m'y installer forever. Mais vous pensez pas que j'ai besoin de faire un point, là, tout de suite ? Tu sais pas si bien dire, Maud ! J'ai presque quarante ans, je viens de me faire larguer par un mec avec qui j'allais m'engager dans une vie dont je ne voulais pas. Vous avez pas l'impression que je me suis égarée en chemin ? Je suis pas en train de faire une dépression post-rupture, là. Je suis en train de vous dire que je suis paumée. Maud, t'as ta meuf et t'as ta fille. Jiji, on commence à voir ta gueule partout dans le métro, Nathalie, ta boutique de créateurs tourne hyper rond et Paul, tu gagnes un fric monstre en visitant les restos les plus chers de Paris.

— Nan mais c'est pas mon métier quand même…

— Et moi là-dedans ? Je bosse depuis que j'ai dix-huit ans dans un milieu qui me déteste, j'ai pas de gamin, j'ai plus de mec et je viens de passer trois ans de ma vie à bouffer des solutions protéinées le soir pour pas stocker de graisse et pouvoir profiter du week-end. Alors là, je veux… je veux…

Tous la regardaient en attendant qu'elle crache le morceau. C'est vrai ça, elle voulait quoi ? Changer de métier ? Son DUT en informatique lui avait permis de mettre très rapidement les pieds en entreprise et de gagner de l'argent. Elle avait passé beaucoup de temps à apprendre par elle-même pour en arriver là où elle en était. Mais travailler pour des boîtes de finance ou de maintenance la lassait et elle ne voulait pas non plus se tourner vers du management… Un enfant ? Non. Elle avait toujours eu l'impression que ses parents avaient vécu l'expérience comme une obligation. Oh, elle ne doutait pas de leur amour mais elle se sentait comme un tampon sur le passeport de leur vie. L'image était loin de l'épanouissement, certes parfois un peu salé, qu'elle avait pu observer avec admiration chez Maud et Nadine ou encore lorsque Joël, le compagnon de Paul, avait son grand fils pour les vacances. Elle préférait s'abstenir. Un nouveau mec ? Ça non ! Il allait lui falloir un peu de temps pour avaler la pilule. Non, en vrai, elle ne savait pas ce qu'elle voulait.

— Eh bah voilà le problème : je ne sais pas ce que je veux ! Alors j'ai besoin d'y réfléchir. Et de prendre soin de moi. J'ai eu Éliane au téléphone. Il y a une chambre, une douche et des toilettes. Tout n'est pas idéal, mais le confort minimum est présent. Je sais monter un ordinateur et développer mon propre OS, je devrais pouvoir apprendre à faire démarrer une tondeuse. Je serai là-haut toute seule trois jours et Éliane me rejoindra pour le week-end. Elle vient, entre autres choses, pour me déposer la voiture qu'elle laisse chez ses parents habituellement. Je pourrai descendre en ville quand je le souhaite. Elle en profitera pour me présenter un peu les gens du coin histoire que je sois pas toute seule en cas de problème. En échange du prêt de la maison, je vais essayer de faire avancer les travaux. Faire un peu de nettoyage et donner un coup de peinture, c'est pas sorcier, je devrais m'en sortir ! Je pars trois mois. Trois mois. Un pour me retrouver, un pour réfléchir à la suite, un pour préparer mon retour. Et tout ce que je vous demande, c'est un peu de soutien. Et de venir me voir une fois dans l'été.

La bande se resserra un peu plus autour d'elle.

— Mais bien sûr qu'on viendra te voir Sussu ! lui dit Nathalie en plantant un baiser sonore sur sa joue. On est juste inquiets, tu comprends ?

Ursule posa sa tête contre celle de son amie. Elle respira à pleins poumons son odeur réconfortante de coco et de monoï. Un produit qu'elle l'avait toujours connue porter. Tout d'abord dans le baume que sa mère utilisait pour graisser ses cheveux frisés, puis dans ses propres cosmétiques qu'elle avait commencé à fabriquer au lycée. Elle se souvenait encore du premier Noël où Nathalie leur avait offert à chacun, filles comme garçons, un petit pot décoré par ses soins, d'une mixture home-made, correspondant à chacun d'entre eux. Celle pour Ursule sentait la lavande et la vanille. « Une crème apaisante pour les petits cœurs abîmés », avait écrit Nathalie sur la jolie carte de papier découpé. Des années plus tard, après un bac S avec une spécialité en biologie suivi d'un BTS en commerce international qui avait un peu dérouté ses parents, elle vendait ses produits, toujours faits main, dans plusieurs boutiques. Et depuis l'année passée, dans celle qu'elle avait montée, afin de mettre en valeur les créateurs locaux. Un concept-store dans une petite rue passante de Montreuil. Elle était belle, Nathalie, d'avoir réussi. Avec ses cheveux si longtemps maintenus en tresses serrées contre son crâne, qu'elle avait libérés en un beau nuage au-dessus de sa tête.

Mais oui ! Avaient renchéri les autres, bien sûr qu'ils viendraient la voir ! Ils donneraient même du rouleau s'il le fallait. Si elle voulait qu'on l'accompagne à la gare avec ses valises, il n'y avait aucun souci. Est-ce qu'elle aurait besoin d'un ravitaillement en affaires dans l'été ? Et cette maison, elle était où exactement ? Maud et Ursule racontèrent la petite maison dans la montagne, les baignades d'enfance dans la rivière, la balancelle dans le jardin, le grand-père qui jure comme un charretier dans le patois local et les gâteaux aux châtaignes. Le téléphone d'Ursule se passa de main en main avec les quelques photos de l'été précédent de l'Instagram d'Éliane et de ses amis.

— C'est beau ! s'exclama Paul en regardant une photo de plus près.

— Tu parles du jardin ou du gars en parfait guerrier sur la photo ? lui demanda Maud, suspicieuse.

— Oh ça va, je peux admirer les deux…

— Tu vas être bien au calme là-bas, lui dit Jiji. Ça a l'air… inspirant, comme lieu. Pense à emporter de la lecture.

— Je t'ai déjà fait une petite pile à la maison, ma Sussu ! Tu n'as plus qu'à venir la chercher. Et promis, il n'y a pas que des essais.

Maud lui sourit. Ursule le savait : Elle était un peu triste que son amie parte trois mois. Mais trois mois dans les Cévennes, c'était mieux qu'une maison achetée définitivement dans la banlieue de Grenoble. Ils trinquèrent à sa rupture, à sa reconstruction, à la vie et surtout à eux, qui, depuis le collège, avaient connu des hauts et des bas mais ne boudaient pas les occasions de se retrouver « juste eux » autour d'un verre.

Éric : Je te fais un carton avec tes affaires. Je peux te le déposer en allant chez mes parents. Tu veux récupérer tes boîtes noires et blanches ? Elles sont pratiques. Je veux bien les garder si tu n'en as pas l'utilité.

Ursule avait tout de suite pris les choses en main. Elle ne voulait pas prendre le risque de changer d'avis. Une fois obtenu l'accord des parents de Maud et Éliane, les Rosenthal, elle avait entrepris d'organiser son voyage. Il lui faudrait prendre trois trains pour arriver jusqu'à la gare la plus proche de la maison et s'y rendre ensuite en voiture. Le mieux pour elle était de trouver un trajet collaboratif pour ce dernier point, taxi et VTC n'étant pas légion dans le coin. Les clés étaient chez les parents de Maud, retournés dans le sud de la France pour leur retraite. Mais Éliane, partie faire la saison aussi bien précoce que tardive au soleil, devait remonter à Paris le week-end suivant pour régler des détails administratifs pour la prochaine rentrée. Elle en profiterait pour lui déposer les clés qu'il ne faudrait pas qu'elle oublie sous peine de se voir infliger un quatrième train pour récupérer les doubles du côté d'Argelès. Les parents des filles seraient avec la petite voiture d'Éliane en Corse, mais dès leur retour, elle se chargerait de la monter à Ursule. Ce serait l'occasion de passer un peu de temps ensemble, de faire le tour de la maison et de ses besoins. Elle lui avait aussi parlé d'un concert ou d'une boîte de nuit et de gens à qui elle voulait la présenter. Puis Ursule se retrouverait livrée à elle-même dans la montagne pour trois mois. La ville la plus proche était certainement Millau, mais il y avait un petit village d'une centaine d'habitants à une poignée de kilomètres. À trente minutes de marche de la maison, en remontant et en descendant, elle trouverait ses seuls voisins. La maison la plus haute n'était que rarement habitée – une maison de famille un peu à l'image de celle de Maud –, mais dans celle en descendant étaient logés un couple de personnes âgées et leur fils Gabriel.

« C'est trop un amour ! » avait roucoulé Éliane. Il avait proposé de la reconduire à la gare le week-end passé, même si Ursule avait assuré qu'elle pouvait s'en charger. Ursule espérait surtout que Gabriel n'était pas trop un amour. Elle s'était privée d'un passage en Écosse pour ne pas tomber sur un grand roux à larges épaules de bûcheron, ce n'était pas pour s'enticher d'un Latin beau parleur qui connaîtrait tous les secrets de la permaculture. Enfin, s'il avait quelques *tips* pour les fruits et légumes, elle prenait ! Parce que l'une des choses sur lesquelles Ursule voulait absolument travailler, c'était la reconnexion à ses propres goûts. Et après trois ans de protéines sous toutes leurs formes, elle rêvait de courgettes goûteuses, d'abricots juteux, de nectarines sucrées et acides à la fois… D'ailleurs, elle avait commencé une liste de ce qu'elle voulait faire :

- *Faire un pain de banane pour Maud.*
- *Passer du temps avec Rose avant de partir.*
- *Passer acheter des cosmétiques à Nathalie pour prendre soin de moi.*
- *Jeter les poudres protéinées et ranger les placards.*

Et elle était en train de mettre un ultime coup de chiffon à ce dernier point. Elle avait trié ses placards, nettoyé son frigo, briqué son plan de travail et accroché au-dessus de celui-ci une jolie illustration représentant une jeune femme dévorant un cupcake. Elle redressa le cadre et admira le résultat, satisfaite. Et maintenant qu'elle se sentait le cœur un peu plus léger et qu'elle avait rangé sa cuisine, elle désirait plus que tout concocter une pâtisserie. Quelque chose qu'elle ferait juste pour elle. Un retour aux sources. Quand elle arriva devant le rayon des fruits et légumes de son primeur de quartier, elle sut tout de suite de quoi elle avait envie : les cerises étaient de sortie.

Une fois rentrée chez elle, une boîte d'œufs frais sous le bras, elle se mit à l'ouvrage. Cette recette-là, comme beaucoup d'autres, elle la connaissait par cœur pour avoir vu sa grand-mère la faire de nombreuses fois à la même période. Le secret du clafoutis aux cerises tenait pour elle dans le nombre de jaunes d'œufs, l'utilisation exclusive d'un sucre roux, une toute légère touche de crème et surtout – surtout ! – ne pas dénoyauter les cerises. Ce dernier point apportant une petite touche d'amertume qui ne trompait pas sur un clafoutis bien réussi. Dans un moule carré ou rectangulaire, la pâte devait à peine recouvrir les cerises, monter en cuisant et se solidifier juste ce qu'il fallait en refroidissant. On coupait les parts une fois que la tarte n'était même plus tiède et on recouvrait de sucre glace.

Cette dernière étape passée, elle s'installa dans son canapé avec un bon café et sa petite assiette de clafoutis. C'en était fini de compter les calories ! Elle passait doucement, dans un nuage de sucre glace, à autre chose.

5

Le grand jour arriva enfin. Il faisait une chaleur étouffante dans l'immense gare du Sud parisien. L'air était poisseux de pollution dès le petit matin. Deux halls, vingt-deux voies, des boutiques pour tout et n'importe quoi mais pas un seul siège de libre. Ursule avait emprunté deux grands bagages de la taille de petits réfrigérateurs et portait sur son dos un sac de randonnée. Elle avait vérifié un bon nombre de fois qu'elle emportait bien ses clés ainsi que ses chargeurs de téléphone et d'ordinateur. Éliane avait eu la gentillesse d'accepter de se voir alourdir d'un sac supplémentaire qu'elle lui rapporterait la semaine suivante. Ursule venait juste de récupérer un latte blanc – avec supplément de café – ainsi qu'une part de cake au citron piquée de graines de pavot, quand son train fut annoncé. Elle se débattit un peu avec ses deux valises et son sachet en papier contenant les vivres. Devant sa voiture, un couple, qui avait déjà bien à faire avec son adolescente et ses deux petits la prit en pitié et l'aida à monter ses bagages, en sauvant ce qui pouvait l'être encore de son petit déjeuner.

Elle y était. Voiture 15, place 34. Une fois presque confortablement assise, elle se frotta le visage de ses deux mains. Elle avait une impression d'abandon devant la situation, comme si elle se laissait porter, comme si ce n'était pas sa vie. Comme si elle n'y était pas vraiment, justement, et qu'elle rêvait ce départ et cette enclume au fond de son estomac. Peut-être allait-elle se réveiller dans son lit, avec Éric, et que tout cela n'était qu'une étrange invention de son imagination. Non. Est-ce que, finalement, ce ne serait pas ça, le cauchemar ? Se réveiller dans son ancienne vie et continuer à se demander comment on a fait pour en arriver à accepter de dîner d'une boisson vanillée deux fois par semaine ? Non. Si la décision de quitter Éric n'était pas de son fait, ce voyage, c'était bien elle. Et ce qu'elle ressentait, c'était l'angoisse des trois trains, la peur de se retrouver seule face à elle-même et, soyons clair, de carrément s'emmerder trois mois dans les montagnes. Mais une fois là-bas, elle le trouverait, cet apaisement qu'elle cherchait, ce sentiment de page vide sur laquelle elle pourrait se reconstruire. Faute d'arriver à y croire complètement, elle l'espérait plus que tout.

Derrière la fenêtre à double foyer du train, les immeubles parisiens laissèrent place aux gares de banlieue, puis à une campagne qui semblait essayer de fuir le rattachement à l'ogre urbain. Ursule se laissa doucement bercer par les murmures du train peu rempli et finit par s'endormir dans la moiteur du compartiment, une main tenant encore son latte aux glaçons fondus.

Changer de train n'avait été que batailles et chienlit ! De plus, elle avait rapidement avalé un sandwich écœurant, au trop-plein de mayonnaise, qui lui restait sur l'estomac. C'est en nage, épuisée et foncièrement agacée par le fait que tout le pays n'était pas aux normes parisiennes sur l'habitude de tenir sa droite dans les couloirs qu'elle prit place dans le dernier train. Elle avala d'une traite une bouteille d'eau remplie au lavabo des toilettes vraiment immondes de la gare de Nîmes. Il devait faire trente-cinq degrés et même la clim devait se faire dorer sur les plages, au soleil, un peu plus bas sur la côte. « Il fera meilleur dans la montagne », venait de lui dire Maud sur le groupe WhatsApp du Gang. « Pense à boire de l'eau ma chérie », avait complété Nathalie. Son téléphone vibrait à nouveau. C'était l'heure de la sieste, Maud lui envoyait des textos.

Maud : Tu fais comment à partir de Gange ?

Ursule : J'ai un co-voit. Quelqu'un du coin qui fait des allers-retours dans la montagne.

Maud : Comme c'est cocasse.

Ursule : Je te sens mitigée de la cocasserie, très chère.

Maud : Tu trouves pas ça étrange de trouver justement quelqu'un du cru qui fasse pile le trajet qu'il te faut ?

Ursule n'y avait pas réfléchi. Elle était beaucoup trop enthousiaste de trouver quelqu'un qui faisait ce trajet pour être méfiante. Elle avait sécurisé la course une vingtaine de jours plus tôt. À ce moment-là, elle avait certainement regardé les avis des anciens passagers pour se décider.

Ursule : Il devait avoir un bon avis sur Talkycar.

Maud : Il devait ou il a ? Si tu me donnes pas plus d'infos, on retrouvera jamais celui qui aura laissé ton corps sans vie dans la forêt.

Ursule : Je te déteste.

Ursule vérifia sur l'application.

Jules123 : Robert est top ! Il m'a filé des fraises.
Je recommande.

Des fraises ? Rob, mon chou, t'es mieux qu'un VTC parisien avec son paquet de Tagada ouvert, se dit Ursule.

LiliPasFlop : Adorable ! A accepté mon chien qui n'était pas prévu. Ami des bêtes ! A de bons plans pour la bouffe locale.

Bonne poire, chouchou, en fait.

MarieC.Dup.31 : Monsieur très agréable. Conversation intéressante. Voiture propre. Je vous conseille de faire appel à ses services. Moi, je le referai sans hésiter.

Robert avait même une touche avec Marie-Claire ou Marie-Christine. Marie-Chantal ? Étant donné que Robert avait l'air d'avoir soixante et onze ans sur sa photo, elle espérait que le 31 de M.-C. Dupdup faisait référence à son département et pas à son âge, ou au pire, à son année de naissance… Non, Maud se trompait : quarante et un passagers et cinq étoiles !

Ursule : Il a tué personne. Ou quarante et une personnes. Ça finirait par se voir dans le coin. Ça manque trop d'animation pour que ça passe inaperçu.

Maud : On se rassure comme on peut. Tu goûteras leurs petits pâtés locaux. Un vrai goût d'ailleurs.

Ursule : T'as pas une gamine à emmerder plutôt que de me faire flipper ?!

En vrai, les textos de Maud occupaient bien la fin de son voyage.

Robert l'attendait à la gare. Il avait le visage cuit par le soleil et l'œil perçant. La soixantaine bien passée, il avait l'air aussi dangereux qu'un vieux chien de chasse des familles. Peste de Maud avec ses textos à la con. Elle avait bien failli lui faire annuler son taxi campagnard. Il lui faisait la conversation. Le beau temps qui venait de s'installer, l'hiver avait tardé à quitter l'arrière-pays, et qu'est-ce qu'elle faisait là, la petite dame ? Lui avait travaillé à la municipalité toute sa vie, dans les ateliers. Mais depuis quelques années, c'était la retraite. Il n'y avait pas de taxi ici, alors il gagnait deux sous de plus en remontant des gens ou en les amenant dans la vallée d'à côté. Et puis ça rendait service. Si elle avait besoin de quoi que ce soit, Robert était là ! Elle allait y rester longtemps, là-haut ? Ah c'est sûr, cela faisait du bien quand on venait de Paris. Il avait un fils là-bas. Il disait ça comme si une menace sourde pesait sur ceux qui y vivaient. Il semblait même avoir des flash-back, façon ancien combattant, en parlant du déménagement de son garçon qui devait avoir quelques années de plus qu'Ursule. Ça allait la changer, hein ! Ursule essayait de faire la conversation poliment. Après tout, c'était bien vrai : Bobbie rendait service. Mais dans sa tête à elle, ça restait la tempête.

— Je ne sais pas ce que vous allez trouver là-haut, ma petite dame. Ça fait longtemps qu'on n'a pas vu la famille Rosenthal ici.

— Ils me l'ont dit. Je leur emprunte la maison contre un peu de maintenance.

— Eh bah, elle a bien du courage.

Elle avait surtout besoin de respirer, d'espace, de vide ! Ou bien au contraire de remplir quelque chose qui avait fini par s'épuiser. Retrouver ce qui avait disparu. Plonger les mains dans le brut. Enlever les toiles d'araignée, arracher les mauvaises herbes, chasser la poussière et rouvrir les volets ! Mais elle lui dit seulement qu'elle espérait tout de même qu'il y aurait l'eau et l'électricité. Et un brin de réseau…

— Té, le fils Fournioux, dis.

Bobbie Bob ralentit à hauteur d'un homme qui marchait sur le sentier, un chien biquettant de rocher en rocher à ses côtés. Il se pencha au-dessus d'elle pour ouvrir un peu plus la fenêtre. Ursule eut un mouvement de recul avant de se rappeler qu'elle n'était pas dans le métro parisien, et qu'avec un peu de chance, personne ne chercherait à frôler ses seins ou à lui peloter le cul.

— Té, tu fais la cueillette, mon loup ?

L'homme aurait pu avoir trente ans comme quarante. Il portait un vieux jean et un marcel d'une couleur indéfinie. Tout le monde devrait pourtant savoir que l'association du pantalon et du marcel avait été interdite, depuis la mort de Patrick Swayze qui était le seul à être sexy dans cette tenue. Cependant… l'homme qui s'était arrêté aux coups de klaxon brefs de Robert n'était pas dépourvu de charme. En fait… tout était remarquable dans le visage qui se pencha à la fenêtre. Ursule ne le trouvait pas beau, non, pas vraiment, juste que tout était à noter, comme si le concepteur de cet étrange arrangement avait tout fait pour que vous n'oubliiez jamais ses traits. Déjà, son visage formait un cœur. Ses pommettes étaient hautes et larges et l'une d'elles était comme croquée d'une cicatrice qui se perdait çà et là dans les contours de sa peau. Il avait le menton bien taillé, agrémenté d'une fossette ou trois qui s'activaient lorsqu'il parlait. Les coins de ses yeux étaient des parchemins où s'écrivait le début d'une histoire d'âge. Sa bouche était charnue et d'une belle couleur, vivante et soutenue, comme celle d'un enfant qui aurait beaucoup couru. C'est ce qui captait le regard. Ses lèvres qui s'agitaient en parlant et s'ouvraient sur des dents légèrement aléatoires. Cela, et ses cheveux blonds, qui tourbillonnaient sans trop savoir que faire, s'enroulant sur une oreille et désertant l'autre, se relevant en un épi qui ne semblait pas vraiment rebelle et vous scrutait depuis la nuque de leur propriétaire de leurs petites pointes dorées.

Ursule ne savait plus où regarder. Après vous être remis de cette bataille de pleins et de déliés qui semblaient sentir le soleil et la cire d'abeille, vous tombiez dans deux grands yeux bleus ou verts ou gris ou bleu outremer. Vous ne saviez pas trop ; est-ce que c'étaient des nuages qui, à l'instant, y passaient, ou seulement leurs reflets ? Le seul moyen d'arrêter d'essayer de s'y réfléchir était d'être interrompu par ce tic :

quand il souriait, l'homme fermait presque les yeux ou regardait vers le bas. Il s'était penché à sa fenêtre pour parler au conducteur tandis qu'elle essayait de ne plus trop respirer.

— Té, mon Pierre-Louis, voici mademoiselle Ursule. Elle sera dans la maison des Rosenthal. T'y passeras voir si les araignées l'ont pas mangée ?

Il en avait des bien bonnes, le Billy-Bob. Le voilà qui maquait Ursule avec le sauvage du coin sans même qu'ils aient bu un verre. Et elle qui rougit et le blond qui sourit.

— Bien sûr. Je suis dans la dernière maison que vous rencontrerez à l'est. Je crois qu'il y a bien vingt minutes de marche entre la mienne et celle des Rosenthal. Après moi, il n'y a que les sangliers, j'en ai bien peur. Vous n'aurez pas de voiture là-haut ?

— On m'en amène une en fin de semaine. D'ici là, j'ai tout ce qu'il me faut.

Si personne ne m'a tuée, avait-elle envie d'ajouter. Il hocha la tête. Elle avait été un peu sèche, mais elle n'allait quand même pas devenir l'attraction du coin. *Vous connaissez Internet, les gens ? Retournez-y et laissez la petite Ursule faire sa vie avec ses nouvelles copines les araignées*. Bon, quand même, elle avait été un peu sèche. Alors elle se mit à sourire maladroitement et elle lui retourna un « Mais merci. » Merci de quoi ? Qui ? Oh là là, ce soleil… Ursule perdait la tête. Elle prit une gorgée de contenance, au fond de sa bouteille, tandis que les deux autres finissaient de se dire au revoir.

— Un bon gars, le Fournioux. Il fait bien son bout de vie celui-là, je vous le dis.

6

La maison lui avait tout d'abord paru peu accueillante, avec ses volets fermés et sa façade envahie par les plantes. Et puis la porte avait fini par s'ouvrir sur la cuisine, réhabilitée par Éliane et ses amis l'an passé. Ursule en avait été rassurée : là où elle pouvait cuisiner, elle pouvait vivre. Robert avait tenu à l'aider pour transporter ses valises – « Eh bé, je vous le dis, des cailloux, y fallait pas en apporter, on en a partout nous ici, té ! » – et à ranimer la maison. Ils en avaient fait le tour pour ouvrir l'eau et l'électricité. La plomberie avait hoqueté un instant avant de laisser couler une eau tout ce qu'il y avait de plus limpide. Il lui avait encore répété : « Eh bé, elle a bien du courage ! » en soulevant les draps poussiéreux qui recouvraient la table ronde et les plans de travail de la cuisine. Puis il lui avait dit : « Je vous ai pas déposée dans un trois-étoiles, mais vous, vous m'en laisserez bien cinq ? » avant de partir en riant tout seul de sa bonne blague. Moderne, le cow-boy des Cévennes.

Elle l'avait raccompagné jusqu'à la cour pour s'assurer qu'il partait bien. Il était gentil, mais il semblait être du genre à s'incruster. Elle voulait rester sur une bonne impression. Elle fit un petit tour dans le jardin. SON jardin pour les trois mois à venir. C'était bien vrai qu'il était un peu sauvage, comme le sommet du crâne d'un géant mal coiffé, mais elle en voyait déjà tout le potentiel. Elle explora la maison à pas de souris. Elle sentait un peu la poussière et le renfermé. Ici, elle pourrait laisser les portes ouvertes et inviter le frais toute la journée. Même la nuit ! Enfin... peut-être qu'elle les fermerait pour cette nuit quand même... Ouais. Peut-être pas la nuit. Elle porta sa grosse valise de vêtements dans la chambre et en profita pour se changer et libérer ses cheveux, attachés pour le voyage. Elle prendrait une bonne douche avant de se coucher. Tiens d'ailleurs, elle n'avait pas repéré la cabine de douche dans la cuisine. Dans le jardin, elle avait bien vu, du coin de l'œil, le cabanon qui renfermait les toilettes à la sciure. Éliane lui en avait vanté les mérites écologiques, se moquant des grimaces de dégoût d'Ursule. Il lui faudrait s'en satisfaire, le sort de la planète était apparemment en jeu. Elle partit à la recherche de la cabine de douche qui aurait dû se trouver dans la cuisine, proche de la chambre. Il y avait bien la cuisinière à gaz, avec son petit four, et l'évier ; sur le bord duquel était posé un tuyau... et à ses côtés... une poire de douche. Ursule leva les yeux au plafond. Un ciel de tissu plastifié était là, accroché à une patère, coincé derrière une poutre, et à ses pieds... une bouche d'évacuation. La douche se prenait donc là, dans la cuisine, face à la porte d'entrée, les pieds dans la poussière du petit jardin qui séparait la maison de la cour extérieure. Soit. Cela ne l'enchantait pas mais, après tout, qui allait bien pouvoir venir la déranger ici ?

Elle déballa le matériel et les provisions qu'elle avait emportés pour la semaine. Elle y était enfin… Elle se servit un verre d'eau et s'assit sur le banc devant la maison. Le soleil léchait lentement le mur de pierres en descendant se cacher pour la nuit. Elle ferma les yeux un instant. Les cigales et les grillons bruissaient doucement tout autour d'elle. L'été comme on l'imagine…

Un peu plus tard, elle fit cuire la betterave qu'elle avait choisie à la coopérative bio qui se trouvait à quelques rues de chez elle et la laissa refroidir dans un bol d'eau. Elle lava les framboises qu'elle avait attrapées chez un petit marchand en gare de Nîmes et émietta une feta qui, elle, ne devait pas vraiment venir de Grèce. Elle découpa la betterave en petits dés et disposa tout ça sur une assiette de laitue croquante. Toute cette fraîcheur ! Elle décida que c'était bien assez pour ce soir, elle voulait passer une bonne nuit, l'estomac léger.

Elle ne passa pas du tout une bonne nuit.

Elle s'était couchée, épuisée par le long périple et tout le stress engendré par le voyage. Mais une fois sur ce matelas qu'elle ne connaissait pas, avec tous ces bruits qui ne faisaient pas partie de son quotidien, elle ne put fermer l'œil. Elle avait allumé la lumière pour lire un peu. Ce qui avait eu pour résultat de lui faire toucher, du bout des paupières, un état de somnolence aussitôt chassé, une fois la lumière éteinte, par une colonie de moustiques qui s'avéra terriblement vorace. Au travers de ses volets entrouverts, elle avait vu le soleil se lever. Dépitée, elle avait quitté son lit d'un pas traînant.

Maud et elle étaient convenues d'échanger un texto tous les matins pour que son amie soit certaine qu'elle était toujours vivante.

Ursule : Jour 1 : attaquée par un escadron de moustiques dans la nuit – Stop – une unique victime – Stop – côté humain évidemment – Stop – escadron en bonne santé – Stop.

Et la voilà qui passait déjà à la déconvenue suivante : non seulement son énergie avait été pompée toute la nuit par de minuscules coyotes sanguinaires mais en plus, elle avait oublié son café ! Son précieux café ! Elle se sentait un peu misérable avec sa cafetière dans la main et sa casserole d'eau chaude. En voilà un jour qui commençait bien mal !

Elle ouvrit le haut de la lourde porte en bois qui se séparait en deux au milieu. Le soleil était resplendissant… De quoi mettre un peu de douceur dans sa mauvaise humeur, faute de lait dans un café. Dehors, elle aperçut des buissons de menthe fraîche. Cela ferait l'affaire pour la semaine. Une infusion matinale de menthe, ça ne pouvait pas être mauvais pour la santé.

Le programme du jour ? Ne rien faire !

Ursule voulait se détendre avant d'entamer quoi que ce soit. Et elle comptait sur le beau temps pour la convaincre de se prélasser au soleil pour cette première journée d'entière liberté. Cependant, la maison n'avait pas vraiment l'air de cet avis, sans compter le balai et le dépoussiérant qui semblaient bien décidés à lui rappeler sa mission.

Après son petit déjeuner, un peu gâté par l'absence de café, elle avait entrepris d'ouvrir les larges volets de bois de tout le rez-de-chaussée de la bâtisse pour y laisser entrer l'air nouveau du matin. La lumière avait révélé l'ampleur des dégâts. La maison avait développé sa propre faune. La poussière s'était glissée partout, tantôt en lourdes chapes trompeuses qui s'éparpillaient au moindre souffle, tantôt en énormes moutons qui s'enfuyaient sous ses pas comme d'improbables gros rats. Et puis il y avait aussi le petit peuple sans vie : des centaines de cadavres de bestioles traînant leurs misérables formes torturées dans tous les recoins. Non. La maison n'aidait pas. Mais elle refusait de s'y mettre le premier jour.

Après une toilette de chat – la douche étant un autre sujet sensible –, elle avait attrapé un paréo pour s'installer dehors. Bordant les fenêtres de la cuisine, il y avait toute une allée de petits graviers qui ne demandait qu'à être légèrement désherbée. Mais partout ailleurs, de grandes herbes hautes faisaient régner la loi. Il faudrait passer la tondeuse pour dégager un peu ce jardin touffu avant de profiter d'un semblant de pelouse. Elle était donc allée s'installer au fond du terrain, sur les terrassements en palier. La terre y avait cuit, rien n'y poussait vraiment.

Elle avait passé son temps à soupirer et à se tourner dans tous les sens ! Ici, un caillou lui rentrait dans la hanche, là, ses pieds raclaient le sol et, quoi qu'elle fasse, le soleil l'éblouissait. Après quinze minutes d'un manège très frustrant, elle sentit que ses épaules commençaient à la brûler. En allant chercher sa protection solaire, elle constata qu'elles avaient pris une douloureuse couleur rose. Son agacement ne fit qu'augmenter : voilà qu'il régnait désormais une lourde chaleur dans la maison. Qu'est-ce qu'il lui avait pris de laisser les volets ouverts ? Elle battit en retraite définitivement quand une colonie de fourmis décida qu'elle était sur son chemin. La nature la repoussait, la maison se moquait d'elle, il allait falloir faire quelque chose. Le repos n'était plus au programme.

Et puis le jour vint où Éliane la rejoignait pour le week-end. Ursule était contente de se lever en se disant qu'elle dînerait avec quelqu'un.

Ces quelques jours de solitude n'avaient pas été de trop mais ils lui avaient surtout servi à rendre la maison présentable et le jardin praticable. Elle s'était battue avec la poussière pendant deux jours et le troisième avait donné lieu à une petite danse de la joie quand elle n'avait plus eu de couche marron accrochée à ses talons. Prendre une douche dans ces conditions avait été une forte amélioration même si elle devait encore se battre avec un pommeau qui ne tenait pas au tuyau. Elle avait occupé les jours suivants à étudier le jardin de plus près avant de tondre tout ce qu'elle ne souhaitait pas garder. Enfin, pas vraiment tout. Elle avait surtout libéré la petite partie du jardin face à la cuisine et dégagé ce qui avait l'air comestible. Menthe mais aussi thym, basilic, laurier et un gros buisson de framboises qui n'allaient pas tarder à beaucoup lui donner. Ce n'était pas parfait mais elle avait désormais un coin d'herbe libre sous les arbres pour lire à l'abri du soleil. Le grand figuier de l'entrée était lui aussi chargé de boutons qui ne demandaient qu'à grossir et promettaient une bonne récolte au mois d'août. Ursule s'en faisait déjà une joie. La même joie qu'elle avait communiquée d'un grand cri à tous les êtres vivants aux alentours quand elle avait réussi à faire démarrer la tondeuse. En ratiboisant son petit coin de détente, Ursule avait repensé à Paul. Elle allait peut-être finir par rompre cette longue lignée de parents qui n'avaient jamais mis les mains dans la terre.

Elle avait pris l'habitude d'aller courir quand le soleil tombait. Elle découvrait le bonheur de pouvoir enfiler ses chaussures et filer en pleine nature dès que l'envie lui en prenait. Et cette activité était devenue un bon défouloir. S'être battue avec la courroie de la tondeuse ? Une heure de running du côté du bois de noyers ! Passer sa journée à ramasser des cadavres d'insectes aux quatre coins de la maison ? Une descente de quarante-cinq minutes jusqu'à la jolie clairière en contrebas ! Recevoir un texto d'Éric lui demandant s'il pouvait garder les chandeliers offerts par ses parents ? Un record de trente minutes jusqu'aux buissons de mûres pour voir dans combien de temps elle pourrait en faire des confitures.

Le samedi matin, elle était tout excitée de montrer ses avancées à son amie. Elle lui avait envoyé une petite liste de commissions – dont du café… – et décida de se mettre en quête du dessert. Après son infusion de menthe matinale qui ne lui paraissait plus si étrange que ça, elle s'habilla pour aller cueillir des prunes dans un verger indiqué par Robert. Elle enfila une longue jupe en crêpe sur ses jambes rougies par le soleil et un haut léger.

Vingt minutes plus tard, elle pestait ! Mais enfin, elle en était certaine. Robert lui avait dit : « Vous montez le petit chemin au-dessus de la maison derrière les trois grands pins. Ensuite, vous prenez à gauche et vous continuez jusqu'à la patte d'oie. » Et puis ce serait à gauche jusqu'à la cahute en pierres – il avait utilisé un autre mot qu'Ursule n'avait pas retenu – et un peu plus loin, elle devait tomber sur un champ de prunes dans lequel elle pourrait se servir. Elle voulait faire un clafoutis pour l'arrivée d'Éliane. Et puis cela faisait longtemps qu'elle n'avait pas ramassé elle-même quelque chose hormis des papiers sur les trottoirs de Paris. Les figues du jardin étaient encore toutes petites et les mûres en contrebas méritaient un peu plus de soleil. Alors l'idée de ces prunes qu'elle pourrait cueillir à même l'arbre lui chatouillait l'âme gourmande au plus profond de son cœur. Elle était à deux doigts de chanter avec les oiseaux et de songer à trouver une source pour laver les prunes de ses blanches mains… quand elle s'aperçut qu'elle s'était perdue. Et là, elle commençait à tourner sacrément en rond, son panier en osier sous le bras… quand elle crut reconnaître les feuilles d'une plante. Elle descendit la petite marche de pierres sèches pour traverser l'étendue d'herbe rase. Yes, princesse Disney, pensa-t-elle en découvrant son trésor. Il s'agissait bien de ce qu'elle avait deviné au loin. De grandes feuilles vertes et de grosses tiges rouges : de la rhubarbe, tout ce qu'il y avait de prête à être cueillie. Le massif suivait tout un pan de la construction en escalier qu'elle venait de descendre. Elle posa soigneusement son panier et entreprit de tirer sur une première tige. C'est que la sale bête se débattait ! Impossible de l'extraire d'une main. Ursule cramponna ses dix doigts au plant de rhubarbe et tira de toutes ses forces. Mais la seule chose qu'elle arriva à faire, ce fut trébucher sur sa jupe et se retrouver à terre. Voilà la nature qui se rebellait ! Tu vas finir en clafoutis ma grande, et plus vite que ça ! Elle se releva et épousseta sa jupe. La voilà qui se penchait à nouveau vers cette foutue rhubarbe, pliant les genoux pour peser de toutes ses forces, prête à en découdre.

— Vous devriez la couper ! Vous allez finir par vous faire mal.

7

Ursule se retourna, surprise. Sur le muret opposé à celui qu'elle venait de traverser, Pierre-Louis Fournioux était assis, les jambes ballantes, à quelques dizaines de centimètres du sol, une guitare sur les genoux.

— Bonjour.

— Bonjour.

— Vous pensez pas que vous pourriez venir m'aider tout de même ?

— Vous aider à voler ma rhubarbe ? C'est bien plus drôle de vous laisser perpétrer votre crime toute seule.

— Voler ? Vous ne manquez pas de culot. J'ai bien compris que vous étiez du coin mais toutes les Cévennes ne vous appartiennent pas.

— Toutes les Cévennes, non, mais ce qui est dans mon jardin, un peu.

— Votre jardin…

La fin de la phrase d'Ursule s'évanouit tandis qu'elle regarda autour d'elle. Le carré délimité par les pierres taillées, l'herbe tondue qu'elle avait prise pour une plaine un peu sèche et la rhubarbe gentiment alignée le long du mur.

— Oh. Votre jardin.

Il descendit du muret, suivi par le gros chien blanc qu'il promenait lorsqu'elle l'avait croisé le jour de son arrivée, et sortit de sa poche arrière un canif. *Putain, Maud avait raison ! Je vais mourir ici,* se dit-elle. Mais il la dépassa pour s'accroupir auprès des plants de légumes. Ses cheveux descendaient dans son cou rougi par le soleil. Pantalon de jogging gris informe et marcel façon marinière bleu, beige et rouge. Ce garçon n'avait aucune notion de style... Ses épaules étaient rondes et légèrement travaillées. *Pas un grand sportif,* nota Ursule, *mais belles épaules... et jolies fesses.* Elle chassa cette dernière pensée d'un mouvement de tête.

— J'ai voulu tirer sur les tiges mais...

Il la coupa :

— Pétioles.

— Ça veut dire quoi ça ? Un mot du cru ? C'est une insulte ?

— Non, c'est le nom de la partie que vous étiez en train de maltraiter. Un pétiole. C'est joli comme mot, non ?

Pétiole. Joli. Dans la tête d'Ursule, les sons rebondissaient alors qu'il s'était tourné pour lui sourire.

— Oui, peut-être.

— Il vous en faut combien ?

Ursule était un peu agacée.

— Non, mais c'est Robert qui m'a dit que je pourrais aller cueillir des prunes.

Il posa le bout de plante sur le sol et entreprit d'en couper un second.

— Oui, il y a bien des pruniers, mais plus bas. Après la *tsabana* au milieu du chemin, là-bas. Pas dans mon jardin.

Il avait prononcé le mot *tsabana* comme Robert, avec ce « a » final qui voulait être un « o ». Il prit son silence pour une interrogation.

— La *tsabana*, c'est la construction en pierre...

Elle lui coupa la parole à son tour.

— La cabane en pierre là-bas, oui, je vois.

Il attaqua une troisième tige.

— Vous avez dû monter au lieu de descendre. Vous devriez facilement retrouver votre chemin. Mais je peux vous accompagner si vous avez peur de vous perdre à nouveau.

Là, elle était vraiment agacée. Elle n'avait pas besoin qu'on la raccompagne tout de même ! Il lui avait déjà volé son moment de communion avec la nature en sortant de nulle part, c'était bien assez.

— Ce ne sera pas nécessaire, répondit-elle sèchement. Puis elle ajouta : Je peux payer pour la rhubarbe !

— Je vais quand même pas vous la faire payer. Je ne la cuisine même pas.

Elle avait l'impression que, quoi qu'elle puisse dire, il la jugerait. Foutue Parisienne, incapable de couper ses légumes toute seule ou de reconnaître un jardin, et qui proposait de payer pour tout comme si c'était l'unique solution.

— Maintenant que vous avez trouvé le chemin, vous pouvez venir la couper vous-même. Avec le bon outil, pour éviter de m'emporter les racines.

Il cala les tiges – les pétioles – dans son panier en osier et le lui tendit avec son sourire idiot et ses yeux mi-clos.

— C'est suffisant pour cette fois-ci ?

Ursule prit le panier d'un geste un peu brusque.

— Oui, il ne fallait pas.

— Je vous en prie…

Le silence s'installa. Le dos d'Ursule la chatouillait. Elle avait l'impression qu'une colère électrique la parcourait. Elle ne se l'expliquait pas. Elle se sentait vexée et, alors que c'était elle qui se trouvait dans son jardin, envahie. Son air ravi, ses manières un peu gauches, ses grandes mains soignées et ses épaules aux reflets de soleil… Elle aurait dû être seule ici et voilà qu'il était partout.

— Je vous propose un café ?

Oh non, pas un café ! Il savait y faire le bougre. Vite ! Fuir. C'était le moment de prendre congé.

— Un café ? Non. Non, pas de café. Je suis un peu pressée. Je… J'ai à faire.

Elle souleva son panier sans bouger d'un pouce. Il regarda en l'air, les mains dans les poches de son immonde pantalon, comme s'il cherchait quelque chose de plus à lui dire. Ce qu'il devait certainement faire puisqu'elle venait de prendre congé mais ne partait pas.

— Merci ? hésita-t-il en lui désignant le panier.

Oh mon Dieu, elle n'avait pas dit merci ! À aucun moment ! Elle ouvrit de grands yeux et lâcha un « Merci » haut et fort avant de se tourner et de partir presqu'en courant.

— Pour les prunes, il faut descendre ! lui lança-t-il, encore planté au milieu de la pelouse, alors qu'elle passait la marche de pierres sèches en relevant sa jupe longue.

Il était pénible aussi ! Elle voulait être seule ! Cueillir elle-même ses fruits. Pouvoir penser. Est-ce qu'il en avait conscience, qu'avec ses grands yeux bleus, il prenait toute la place ? Et puis quelle merde, cette jupe longue. Elles faisaient comment, les princesses Disney, pour ne pas balayer le chemin et éviter les ronces ? Hein ? Comment ? Et puis comment elles faisaient pour se perdre en forêt alors qu'elle, elle avait essayé une fois et était tombée directement sur le gentil péquenaud du coin ! Et pourquoi, foutre Dieu, fallait-il qu'il soit si désirable ? Oh mon Dieu, elle y était. Elle savait... elle se connaissait... elle ne pouvait pas s'en empêcher. Ses grands yeux bleus, ses fesses rondes et ses manières de grand gentil. Un mec qui vivait au fin fond de la campagne, pas sportif pour un sou, nonchalant... Un mec pas fait pour elle. Son cœur n'avait fait qu'un tour avant d'enfoncer une porte largement ouverte. Elle avait un crush pour ce mec et ça la mettait en pétard.

Éric : Je sais que le prélèvement de Musicplay est sur ton compte mais je voudrais garder mes playlists. Tu peux voir comment basculer le paiement sur ma banque ? On peut garder les boîtes alors ?

Éliane fourmillait. Oui, si Ursule avait eu à la décrire, elle aurait dit de la petite sœur de Maud qu'elle était vivante, pétillante, fourmillante. Elle était arrivée avec sa joie de vivre, la serrant fort dans ses bras, sortant de sa voiture tente, valise et commissions. Elle s'était extasiée des avancées d'Ursule, en mettant au frais un petit vin bio dont elle lui dirait des nouvelles et avait avalé à grandes cuillerées gourmandes les entremets qu'elle leur avait préparés pour le goûter.

Elle lui raconta sa fin d'année et ses résultats d'examens ; la formation de yoga qu'elle entamerait l'année prochaine et la saison en bord de mer à faire le ménage dans des bungalows. Alors qu'elles étaient parties se balader, Éliane voulut en savoir plus :

— Alors ? Plus d'Éric ?

— Et non, plus d'Éric.

Cela faisait quarante-quatre jours. Un mois et deux semaines durant lesquels elle avait reçu des textos, sans bonjour ni bisous, où les « on » commençaient à se mêler aux « je » qui lui demandaient si elle voulait récupérer la nappe bleue, si ce pull blanc était à elle et même une fois de l'argent pour une histoire ubuesque d'anniversaire de l'ami d'un ami. Elle avait éprouvé beaucoup de peine les premières semaines et elle avait mis énormément d'énergie à la reléguer au fond de son cœur pour se concentrer sur l'organisation de ces trois mois ici. Mais durant ces derniers jours – et peut-être que cela était dû à l'accumulation de ces messages auxquels elle n'avait aucune envie de répondre –, elle avait ressenti au fond d'elle germer insidieusement la graine de la colère. Et elle commençait à sacrément lui en vouloir

— Et du coup, j'ai l'impression d'être en colère contre la terre entière. Je ne supporte rien ni personne. Tiens, par exemple, il y a ce gars dans la maison là-haut. Je me suis retrouvée par accident dans son jardin et j'ai été odieuse avec lui.

— Odieuse comment ?

Ursule lui raconta comment il l'avait trouvée sur le sol et avait coupé lui-même la rhubarbe.

— La gueule de la princesse Disney, dans ma jupe longue pleine de poussière, avec mon nez pelé et mes bras rouges… En plus, il a l'air adorable, ce type !

— Dans la maison là-haut ? L'an dernier, elle était vide. Les proprios ont dû arriver à la revendre. Mais il est tout seul ?

Ursule n'y avait pas pensé. Certes, il avait l'air de ne pas en foutre une, à se balader dans la forêt ou à gratter un peu dans son jardin, mais il avait peut-être femme et enfants qui, eux, avaient des vies ! Et elle qui s'emballait toute seule. Et puis franchement, un grand blond, comme ça, seul dans la maison au-dessus de la sienne, il était forcément marié. Célibataire, ça faisait fiction à l'eau de rose.

Elles rentrèrent tranquillement pour cuisiner ensemble. C'était agréable pour Ursule qui n'avait ni frère ni sœur, cette proximité avec la jeune Éliane. Le lendemain, elles avaient prévu de faire des cupcakes pour cette soirée dont la petite n'arrêtait pas de parler. Tandis qu'elles dînaient, elle lui en dit un peu plus.

— Tu n'es jamais allée danser dans un bal trad ?

La mistinguette avait découvert ça sur les quais de Seine à Paris. Quelques instruments – un violon, un accordéon ou encore une clarinette, accompagnés de percussions – et des gens par dizaines venant dès le mois de mai, se coller sur les marches des quais, avec famille, pique-nique et rosé bien frais. Tout le monde dansait, apprenant à qui n'était pas encore initié. Cercles circassiens, polkas, gigues et autres noms inconnus.

— Mais tu vas voir qu'ici, c'est autre chose. Il y a des instruments dont je ne connais même pas le nom et ce sont de vrais groupes ! Ils assurent ! Et je ne voulais vraiment pas rater celui-ci.

Gabriel l'avait rencardée. Un musicien anglais dont Éliane était folle serait de la partie. Elle lui fit écouter quelques morceaux d'un folk très agréable. Ursule n'était pas mélomane mais certaines chansons restaient en tête. Les textes étaient plutôt jolis et les airs semblaient nourris de musiques venues d'ailleurs.

— Gabriel va beaucoup te plaire. Je pense que vous avez des points en commun.

Ursule n'était pas bien certaine qu'elle apprécierait l'ambiance d'un bal rétro mais Éliane lui promettait une bonne soirée. Il y avait de quoi se laisser porter.

8

Le lendemain, après un petit déjeuner où Ursule avait pu savourer un bon café, Éliane lui montra une routine de yoga qu'elle pourrait répéter à loisir. Entre un chien tête en bas et le restant de toute une ménagerie spirituelle, Ursule lui posa une question qu'elle retenait depuis son arrivée.

— Dis… tes grands-parents… ils sortaient vraiment pour aller aux chiottes ? C'est quand même pas pratique au quotidien, la petite cabane au fond du jardin… et puis… la sciure…

Éliane se moqua d'elle.

— Mais non ! Il y a toujours le cabinet à l'intérieur ! C'est nous qui avons construit les toilettes sèches l'an dernier, dans le petit cabanon. Mon grand-père y rangeait ses outils.

Ursule avait bien en mémoire qu'il y avait des toilettes à l'intérieur mais elle avait préféré ne pas insister en en trouvant la porte verrouillée. Éliane sortit la clé d'un tiroir de la cuisine. Dans la petite pièce se trouvaient des WC tout à fait satisfaisants. Le mécanisme de la chasse d'eau était usé, alors, dans un souci d'économie d'eau, Éliane et ses amis avaient eu l'idée de construire ces toilettes sèches à l'extérieur.

— Si tu veux, on peut aller acheter de quoi changer le mécanisme cette après-midi et on s'en occupera avant que je reparte demain ! Cela ne doit pas être bien compliqué.

Éliane avait raison, elles pouvaient tout à fait s'en occuper. Et Ursule pourrait dire adieu à la petite pelle et au seau de sciure qui lui faisaient horreur depuis son arrivée.

Éliane et Ursule étaient allées déjeuner dans un adorable petit village où les touristes affluaient pour visiter une ancienne basilique. Elles étaient ensuite allées chercher de quoi cuisiner pour la soirée, et puis le matériel nécessaire pour faire leurs petits travaux de plomberie. Une fois de retour, elles s'étaient mises aux fourneaux. Elles avaient trouvé des fraises dont elles avaient fait une compotée qu'elles n'avaient pas trop sucrée. Ursule savait que la saveur des fruits se suffisait à elle-même. Ainsi préservée, elle exploserait au milieu de la pâte parfumée à la vanille, riche en beurre et en sucre roux. Les cupcakes étaient une gourmandise qu'Ursule avait découverte à Londres, alors que Jiji y passait un semestre. Elle n'était encore qu'une grande adolescente, fan d'Oasis et du Rocky Horror Picture Show. Cela faisait longtemps qu'elle n'avait pas cuisiné ces petites merveilles. Il faut dire que les cupcakes étaient aussi bons que chargés en calories. Mais Éliane avait insisté : après tout, elles allaient passer la soirée à danser ! Et puis Ursule s'était promis de ne plus compter. Elles avaient ensuite lu au soleil, en attendant que les gâteaux refroidissent. En fin d'après-midi, avant de se faire une beauté, elles les avaient décorés : topping de sucre coloré, paillettes alimentaires et petites roses de pâtes d'amande.

Quand le fameux Gabriel avait frappé à leur porte, Éliane finissait de faire le tour de la trousse de maquillage d'Ursule. Elle sauta dans les bras de son copain qui la souleva pour la faire tourner. Grand et fin, le nouvel arrivant était habillé simplement, d'un pantalon de toile large et d'un tee-shirt noir. Il enleva la casquette qu'il avait vissée sur ses courts cheveux bruns, pour faire une bise polie à Ursule. Éliane et lui faisaient un beau duo électrisant. Tous deux parlaient à tort et à travers. Éliane finit tout de même par lui présenter son amie.

— Ursule est là jusqu'à fin août. Elle va s'occuper un peu de la maison.

— Robert nous a prévenus que la maison était habitée pour l'été. Tu t'emmerdes pas trop ici ? C'est loin de Paris, hein ?

— Non. Pas du tout. Je suis venue chercher un peu de calme.

Ursule sentait que l'image de la souris des villes lui collait aux talons. Gabriel avait haussé un sourcil.

— C'est pas ce qui manque ici, le calme. Mais pas ce soir ! Prête à rencontrer ton idole, très chère ?

Il fit faire à Éliane quelques pas de danse sous les éclats de rire ravis de celle-ci. *Mais quel dragueur*, se dit Ursule !

Ils prirent la voiture en direction du lieu du bal, à une petite heure de route. Gabriel, au volant, et Éliane ne cessèrent de parler de Lou Pearson. Il était franco-anglais et tous deux avaient grandi dans les montagnes alentour. Il avait une maison dans le coin et était revenu le temps de l'été. Il en profitait pour jouer avec les musiciens d'ici, qu'il connaissait bien. Elle allait voir comme il était sympathique. Et puis ils étaient tous les deux d'accord pour dire que c'était quelque chose de le voir sur scène. Ils finirent par arriver dans un village caché sur un autre mont. En fait de petit village, il s'agissait de trois gigantesques mas. Gabriel avait parlé d'une ancienne communauté qui, maintenant, servait de maison pour tous aux habitants du coin. L'endroit était charmant et les gens semblaient effectivement tous se connaître, s'accueillant par des prénoms interpellés et des embrassades. Après être passé auprès d'un guichet improvisé pour s'acquitter d'un tout petit prix d'entrée, Gabriel les guida jusqu'à l'une des bâtisses.

En entrant dans la salle, Ursule oublia instantanément tout. Éric, les araignées, la chasse d'eau, le mec de la baraque du dessus et le bavard Gabriel. Une bouffée de chaleur lui sauta au visage. La salle était éblouissante. À l'autre bout de la pièce, un groupe, caché par une foule de danseurs endiablés, chantait et jouait. La contrebasse lui faisait résonner le cœur, et la voix du chanteur l'enroba en un semblant de couplet. Comme ils étaient beaux, tous en rythme ! Pris dans une danse les entremêlant et les séparant, tous se souriaient – des yeux, de la bouche et du bout de leurs pas – en s'entrecroisant. Une vague de bonne humeur déferlait d'un bout à l'autre de la piste.

La salle était éclairée par des centaines de bougies le long des murs, alors que dehors, il faisait encore grand jour. Gabriel montra à Ursule le buffet où déposer les gâteaux. Elle glissa leurs cupcakes colorés à côté des autres victuailles. L'espace d'un instant, elle trouva qu'ils manquaient de naturel entre tous les autres mets. Mais elle fut très vite rassurée par une petite main qui s'égara vers le plat, en levant de grands yeux suppliants vers un papa conciliant. La fillette s'empara de la pâtisserie aux airs de licorne et en prit une grande bouchée. Elle tendit le gâteau entamé à son père pour qu'il y goûte à son tour. Ursule sentit quelque chose se desserrer dans sa poitrine en voyant ces deux-là se sourire. Ils avaient l'air d'apprécier. Gabriel les dirigea ensuite vers la scène. Des tables hautes étaient installées sur le côté pour ne pas gêner les danseurs. Éliane tira Ursule vers l'une d'entre elles. Elles jetèrent à son pied sacs et petits gilets inutiles dans la chaleur du bal. Ursule regarda Éliane sourire aux anges. Elle était si fraîche avec ses vingt ans et ses cheveux à la diable.

Elle se souvint de ce petit bébé qui n'était pas prévu mais que Maud aimait avec tant de force avant même son arrivée. Les premiers pas de la petite fille déjà déterminée, que rien ne pouvait arrêter. Les battles de coiffures sur sa masse de cheveux roux. Les bisous qui collent un peu mais qui réchauffent le cœur de celle qui avait toujours voulu une petite sœur.

L'orchestre s'arrêta sous les applaudissements et Éliane se mit sur la pointe des pieds pour apercevoir les musiciens.

— Regarde Sussu ! C'est lui ! Le grand blond ! C'est Lou Pearson. Han, mes copines vont être folles de jalousie de pas être venues !

Ursule regarda à son tour le grand blond tout sourire qui reprenait son souffle, un violon sur la hanche.

— Lui ? Tu te trompes Éliane, c'est le fils Fournioux.

En s'entendant dire « le fils machin », Ursule entendit la voix de Robert sortir de sa propre gorge. Et puis elle se rappela… Cette petite phrase, lâchée entre deux autres : « Il fait bien son bout de vie celui-là, je vous le dis. » Gabriel posa trois verres sur la table.

— Vous battez pas, les filles, c'est la même personne ! Mon meilleur ami, Pierre-Louis ! Lou pour les Anglais… et les jeunes filles en fleur. Je t'aurais pas menti, Éli !

Elle lui tira la langue et Ursule plissa les yeux pour mieux voir la toute petite Éliane dans son visage de grande. Gabriel fit un grand signe à Pierre-Louis, qui le lui rendit avec un clin d'œil. Éliane lui attrapa le bras.

— Je crois que je vais m'évanouir.

Tandis qu'elle simulait un malaise, sur la scène, Pierre-Louis posa son violon pour récupérer un petit tambourin et, accompagné d'une guitare, il entonna une autre chanson sur laquelle les couples se mirent à valser. Les yeux fermés, il prit une voix profonde qui bientôt se balada sur la douce mélodie des instruments le rejoignant un à un. Gabriel pinça le bras d'Ursule et lui désigna son verre :

— Alcool local ! Je suis végétarien alors c'est pas la charcuterie d'ici qui me retient. Ça par contre, ça aide à tenir l'hiver.

Le liquide ambré était légèrement sucré. Elle y sentait de la vanille et ce qui pouvait être de la châtaigne. Certainement sur une base de vin blanc. C'est vrai que ce n'était pas dégueu. Un garçon tendit la main à Éliane qui se laissa emmener. C'était aussi facile que cela, à son âge… et la voilà qui dansait. Peut-être que ce n'était pas une question d'âge. Ursule n'avait jamais été la jeune fille pleine de joie et d'envies qu'elle redécouvrait à chaque fois en Éliane.

— Tu danses ? lui demanda Gabriel.

Ursule le regarda, un peu mesquine. Elle ? Danser ? Ah ah ah ! Oui, en boîte de nuit, à Paris, il y avait quelques années. Dans son salon, en passant l'aspirateur. Mais pas ici, ça non. Elle jeta un coup d'œil à Éliane. Tout sourire, elle valsait avec grâce. Non, ce n'était vraiment pas pour elle. Et puis, il y avait leurs sacs à ses pieds. Gabriel insista.

— Oh, ça ne craint rien. Ici, tout le monde se connaît. Je te montre, si tu ne sais pas. Je valse pas trop mal. Fais pas ta Parisienne !

Dans une grimace, elle accepta la main qu'il lui tendait, non sans avoir avalé une dernière gorgée de son verre. Gabriel enleva sa casquette avant de la diriger vers la piste. Son corps semblait tout maigre contre le sien. Son tee-shirt un peu court avait l'air d'avoir du mal à couvrir à la fois ses épaules et toute sa hauteur. De son pantalon large dépassaient les fronces d'un caleçon noir à petits motifs blancs. Son long buste se penchait un peu vers elle quand il dansait et elle sentait son odeur sans parfum. Il sentait le soleil de la journée, la peau propre et, elle ne saurait dire pourquoi, la figue fraîche. Il était à l'aise, à danser ici, avec son grand corps qui se tordait vers elle, protecteur, et ses bras qui la guidaient avec sûreté. Il comptait doucement les temps quand elle se perdait. C'était agréable, un bon danseur. Il était agréable, Gabriel, quand il ne parlait pas.

Sur la valse suivante, Pierre-Louis ne chantait pas. Il avait de nouveau attrapé son violon. Ses yeux fermés papillonnaient au gré des notes. D'un pied, il tapait le rythme sur le sol. C'était hypnotisant de le regarder se concentrer, sa joue caressant son instrument.

— C'est Pierre-Louis que tu regardes comme ça à t'en dévisser la tête ?

Ursule sursauta entre les bras de Gabriel.

— Pas du tout !

— Ne t'en fais pas, j'ai l'habitude. Il y a une certaine injustice sur cette terre. Pilou est solaire.

— Pilou, hein ?

— Je connais ce type depuis que j'ai trois ans. La terre peut l'appeler mon seigneur, ça change pas grand-chose pour moi, je te le dis. Bref, ce que je veux dire, c'est qu'il a ce quelque chose qui fait qu'on l'aime toujours. Une espèce de bouclier de gentillesse. Et ça vient même pas de sa renommée, hein. Tout petit, déjà. J'étais un corbeau et lui… une tourterelle.

— Je n'avais jamais entendu parler de lui jusqu'à ce qu'Éliane arrive il y a deux jours.

— Jamais ? Mais tout le monde connaît Lou Pearson.

Il jeta un coup d'œil autour de lui.

— Bon, ici, c'est pas du jeu. En fait, dans le coin, certains connaissent ses albums mais il reste plutôt le petit de l'Anglaise qui revient faire des concerts avec les copains de temps à autre l'été.

— Il vit tout seul là-haut ?

— Il n'y vit pas. C'était la maison de sa mère qui est retournée en Angleterre. C'est devenu une maison de vacances. Lui vit à Londres, il est venu pour bosser au calme…

— Artiste maudit, là-haut sur la montagne… beau cliché.

— Quelle méchante tu fais.

Tous deux regardèrent à nouveau du côté des musiciens. Les quelques lumières qui s'épanchaient sur scène effleuraient Pierre-Louis, jouant dans les arabesques de ces étranges griffures qui paraient discrètement un côté de son visage.

— Tu te demandes pour ses cicatrices, hein ?

— Nan ! répondit trop vivement Ursule.

— Il s'est fait attaquer par un ours.

— Sans blague ?

— Ah ah ! Mais nan, un clebs lui a bouffé le visage quand on était tout petits. T'es bien crédule. Y a même pas d'ours par ici.

— T'as un drôle d'humour, tu sais.

— Oh, te vexe pas, je suis un peu bourru.

— Donc un chien ?

— Ouais. Un gros chien. Il a failli y perdre son œil. Mais les médecins se sont bien démerdés. Petit, j'y faisais pas trop attention mais maintenant, je me demande s'il aurait été aussi beau sans ça.

— T'es plutôt sans filtre comme mec, quand même…

— On me le dit… Bref, s'il n'était pas comme un frère pour moi, j'aurais clairement tenté ma chance.

— T'es plutôt mecs ? Tu me fais marcher !

— C'est toi qui as un drôle de sens de l'humour ce coup-ci.

— Pardon. Te vexe pas.

— Ma famille s'y est jamais faite, alors…

Ils continuaient tous deux à évoluer doucement sur la piste entre une cinquantaine d'autres couples. *Drôle d'endroit pour se faire des confidences,* se dit Ursule. Ou peut-être que, justement, l'intimité des corps qui se touchent et évoluent au même rythme se prêtait à des discussions qui auraient pris plus de temps dans un autre cadre. Elle lui demanda :

— Un petit ami ?

— Y a eu… y a plus. Quatre ans. J'ai fait une dépression. Je suis venu me… reposer chez mes parents. Un petit ami ?

— Y a eu, y a plus. C'est un peu pour ça que je suis ici. Essayer de faire le point.

Gabriel hocha la tête.

— Je connais. Méfie-toi. Parfois, on s'habitue à s'être donné la possibilité de réfléchir et on a du mal à s'autoriser à repartir.

9

Les dernières notes de la valse s'égrainèrent sur les derniers mots de Gabriel. Sur la scène, Lou posa son violon et but une gorgée d'eau avant d'annoncer la prochaine chanson. Gabriel fit signe à Ursule de le précéder à la table. Sur la piste, les couples se défirent et se reformèrent. Éliane changea de bras, en souriant de toutes ses dents à ceux tendus d'un jeune homme en chemise qui portait bretelles, béret et anneau d'argent planté dans la narine.

La voix de Lou s'éleva, calme et chaude, dans un demi-silence, tandis que le violoncelliste libérait quelques notes. La guitare rejoignit la plainte du premier instrument et les couples commencèrent à évoluer en une sorte de valse lente, où un temps aurait été ajouté pour que les femmes s'élèvent élégamment, en un petit bond, portées par leurs cavaliers. Ursule trouvait la voix de Lou… indéfinissable. Il n'avait pas un timbre de crooner. Au contraire, sa voix était plutôt claire et à la fois toujours sur le point de se briser, avec quelque chose des frères Gallagher. Il avait un roulement dans le fond de la gorge qu'il utilisait avec beaucoup de sensibilité. Ursule comprit ce qu'avait voulu dire Gabriel : Pierre-Louis était solaire. Là, debout au milieu des autres musiciens, les yeux fermés, il absorbait toute l'attention. Son chant était juste. Un instant, rien ne dépassait et le suivant, tout débordait et roulait comme les vagues s'échouant sur une plage sans vent. La chanson parlait d'un couple séparé par le temps. De regrets, de ce qui n'aurait pas lieu, de ce qui n'aurait plus lieu et de lumières éteintes. De dernier baiser et de soleil qui descendait pour mieux se lever sur d'autres matins. Sur le visage du chanteur passaient le sourire et la nostalgie. Ses lèvres claquaient sur certains mots qui s'élevaient dans les airs comme les danseuses soulevées par leurs partenaires. Enfin, il retint sa respiration après son dernier couplet, en même temps que s'interrompait l'archet du violoncelliste. Il y eut un silence suspendu plein de poésie, durant lequel les couples se serrèrent une dernière fois dans les bras, et le public explosa en une envolée d'applaudissements ; Ursule sentit son cœur tomber loin dans sa poitrine.

Lou exécuta un petit saut de salut et annonça d'autres musiciens avant de descendre de scène. Il vint embrasser son ami. Embrasser était bien le mot. Gabriel et Pierre-Louis se serrèrent dans les bras l'un de l'autre, tapant d'une main dans leurs dos respectifs.

— Alors copain, on fait tourner les têtes ? Lou, Éliane, qui est certainement ta plus grande fan dans la salle ! Et Ursule, qui habite la maison entre la tienne et la mienne pour les trois prochains mois.

Lou embrassa Éliane avant de se tourner vers Ursule.

— Tiens ! Miss Rhubarbe 2018 ?

— Vous vous connaissez ? s'étonna Gabriel.

— Elle rôde dans mon jardin pour se nourrir.

— Très malin.

Éliane se détourna de Pierre-Louis pour faire les gros yeux à Ursule. Elle remettait les pièces dans l'ordre. Un grand type blond, seul dans la maison là-haut, qui jouait de la guitare dans son jardin. Elle se tourna à nouveau vers les deux hommes.

— C'est toi, son fournisseur de rhubarbe ? Ursule a fait un délicieux clafoutis et de la compote. Un régal. Tu devrais venir goûter !

— Je devrais réclamer des parts.

Pierre-Louis était aussi à l'aise au milieu de la foule que dans son jardin. Éliane le bombardait de questions, pleine d'entrain. Enfin, encore plus qu'à son habitude, et Ursule ne soupçonnait pas que cela soit possible. Quelque part, elle était soulagée de ne pas être la seule à perdre les pédales devant Pierre-Louis. D'un autre côté, Éliane avait vingt ans et minauder était de son âge. D'autres personnes vinrent taper dans le dos de Pierre-Louis. Le garçon au piercing lui fit la bise et échangea quelques mots avec lui en lui frottant le ventre, à la façon de ceux qui se connaissent depuis longtemps, mais c'est à Éliane qu'il apporta un verre. Il avait mal choisi son moment : Éliane n'avait d'yeux que pour le musicien. Ursule en profita pour s'échapper dehors et fumer une cigarette.

Cette dernière n'était même pas allumée que Pierre-Louis sortait à son tour et se posait de l'autre côté de la porte pour faire de même. Il lui adressa la parole au-dessus du brouhaha ambiant.

— Alors… ça te plaît ?

— Tu chantes très bien… et tu joues très bien.

Et tu es très beau et je suis sûre que tu danses très bien et que tu sens bon, se dit Ursule en sentant d'improbables fourmillements lui parcourir le dos.

— Merci. Ce n'est plus mon répertoire habituel, mais c'est toujours un bonheur de me retrouver ici. Et de mélanger un peu les genres.

Elle repensa à cette jolie chanson qu'il avait chantée en dernier et dont le rythme semblait moins cadencé que celui des autres.

— La dernière chanson… elle est de toi ?

— Oui. Le rythme est très inspiré des musiques traditionnelles d'ici. Alors elle passe bien en bal. Et puis je savais que ça ferait plaisir que je la chante.

Il vint se poser à côté d'elle contre le mur pour regarder au-dessus de la lisière des arbres. Il sentait la lessive et… le miel et la cannelle. *Putain de phéromones !* se dit Ursule.

— C'est fou ce ciel, hein ?

C'était vrai. Il n'y avait aucune lumière pour gêner la voie lactée et le ciel était totalement dégagé.

— Les étoiles…

— Les étoiles… Elles me manquent dans les grandes villes. J'en fais le plein quand je viens ici. Elles m'apaisent.

Ursule l'entendit respirer ce calme qui les entourait. L'unique source de chahut venait de la salle et certains bruits continuaient leur course, murmurant devant eux en un joyeux écho.

— Je suis née en ville, je n'ai connu que cela. Mais je me souviens être venue ici avec la sœur d'Éliane lorsque nous étions petites.

Elle se surprit à lui sourire à l'évocation de ce souvenir, et il lui sourit en retour. Dans la tête d'Ursule, une petite voix se fit entendre, lui rappelant ses vœux pieux mais déjà Pierre-Louis poursuivait :

— Alors peut-être que l'on s'est déjà rencontrés ?

— Peut-être.

— Je suis surpris de te trouver ici. Quand je t'ai croisée dans mon jardin, tu avais l'air…

D'avoir un balai dans le cul… Ursule était certaine que c'était ce qu'il avait sur le bout de la langue mais qu'il était trop poli pour le dire.

— … t'avais l'air tendue.

Il avait beau ne pas l'avoir dit, elle se sentit démesurément piquée au vif.

— Je suis pas tendue. C'est juste que, déjà, j'étais surprise de trouver quelqu'un…

— Tu étais dans mon jardin.

Oui, c'est vrai, j'étais dans ton jardin. Et là je suis à ton concert ! Et je suis en vacances là où tu as grandi ! Et j'ai l'impression que la lune va se lever au-dessus de nous et commencer à chanter ! Le cerveau d'Ursule s'emballait. Les phrases se bousculaient dans sa tête et elle sentait à nouveau sa colonne vertébrale se hérisser.

— J'étais surprise de trouver un jardin. Et puis j'avais très mal dormi. C'est l'horreur ici, la nuit ! C'est quoi le problème avec les moustiques ?

Elle se leva malgré elle.

— Je suis venue ce soir parce que ça faisait plaisir à Éliane mais ce que je cherche, c'est la solitude. D'ailleurs, je crois que je vais rentrer.

Il se leva à son tour.

— Ne te donne pas cette peine, je vais remonter sur scène. Ne prive pas Éliane d'une bonne soirée, elle a l'air d'être une chouette fille. Je te laisse aux… étoiles.

Au moins, cette fois-ci, Ursule en était certaine : il n'y reviendrait plus. Elle aurait voulu être satisfaite mais en vrai, elle se dégoûtait un peu. Depuis qu'elle était arrivée, elle était discourtoise, à côté de la plaque, froide, insensible. Ce n'était pas elle…

La fin de la soirée avait été quelque peu gênante. Déjà, ils étaient venus avec une seule voiture. Elle était donc coincée ici avec les deux autres. Elle avait dû retourner à la table… et y rester. Elle n'avait plus voulu danser, prétextant une fatigue due à une insolation imaginaire. Lou avait fait quelques pas sur la piste, accordant même une danse à Éliane. La nuit était devenue noire, donnant à la salle des airs de caverne où les ombres des danseurs célébraient leur propre rituel. Ursule avait fini la soirée la gorge nouée et les larmes aux yeux. Elle voulait rentrer chez elle.

Le lendemain, elle s'était réveillée un peu sonnée. Elle n'avait bu qu'un verre et pourtant elle avait l'impression d'avoir le cerveau brouillé. La soirée lui avait mis la tête à l'envers. Elle s'était sentie déplacée. Elle avait été déplacée, maintenant qu'elle y pensait. Elle aurait pu se laisser porter, danser avec Gabriel et certainement avec d'autres, dire aux beaux yeux de Pierre-Louis la force qu'il dégageait quand il était sur scène et rire avec Éliane dans des danses en cercle auxquelles elle n'aurait rien compris. Mais elle était restée prostrée dans son coin, à bouder le bonheur à portée de main.

Paris lui manquait, le Gang lui manquait… Elle n'avait rien dit à Éliane, le matin venu, lorsqu'elle s'était inquiétée de savoir si son insolation avait disparu après une nuit de sommeil. Elle avait chassé ses pensées sombres dans des sourires en essayant de profiter de son amie.

Éliane avait eu tort ! Quelle idée de démonter les toilettes ! Et puis l'espace n'était pas bien grand et pas très bien éclairé, en plus. Assises dans le couloir, elles regardaient encore une fois la petite vidéo d'une dénommée SimpleCommeBonjour qui avait à cœur de faire des démonstrations de bricolage, qu'elle jugeait élémentaires, pour entretenir seule sa maison. Ursule n'avait jamais autant détesté une personne qu'elle ne connaissait pas. Éliane persistait à vouloir associer deux pièces qui ne s'emboîtaient en rien.

— C'est pas clair quand même, son truc…

— Je laisse tomber ! Je vais arrêter de boire à partir de 18 heures pour le restant de mon séjour ici.

Gabriel passa la tête par la porte à ce moment-là.

— Bonjour… et bonne cystite. Qu'est-ce qui vous arrive par ici ? Vous démontez la baraque ?

Gabriel aimait bricoler. En fait, il était plus que ça : il était architecte, et de ceux qui aimaient passer du temps les mains dedans. Il leur confirma, leurs compétences n'avaient pas à être remises en cause, qu'une pièce avait dû être échangée entre deux kits de chasse d'eau. Il pourrait aller, avec Ursule, changer la pièce le lendemain et finir de remplacer le mécanisme avec elle. Cela n'aurait rien de compliqué et il n'avait pas vraiment mieux à faire. Ursule n'eut aucune excuse pour refuser… Après tout, ne plus avoir affaire au petit cabanon valait bien la peine de passer un bout de journée avec Gabriel. Le rendez-vous était pris.

Éliane et sa joie de vivre étaient reparties dans la voiture de Gabriel. Elle lui avait souhaité bonne chance pour sa remise en question et lui avait conseillé de continuer le yoga. Le soir venu, Ursule n'avait pas répondu aux textos de Maud et encore moins à ceux d'Éric, dont le dernier lui demandait s'il n'avait pas laissé le câble de son cuit-vapeur chez elle. Elle détestait cette machine qui cuisait les aliments en les laissant sans goût… Elle était comme Éric. Efficace, pratique, sans sel. Elle en était là de ses réflexions peu constructives quand elle s'aperçut qu'elle avait fini la bouteille de vin blanc apportée par Éliane. Tiens, ça, c'était comme Éliane. Un beau produit, jeune, pétillant, avec lequel on passerait des heures. Et elle ? Qu'est-ce qu'elle serait, elle ? Un soufflé mal cuit ? Une pâte à crêpes avec des grumeaux ? Elle aurait voulu être un mojito ! Comme ceux qu'avaient contenus les trois verres désormais vides, qui la narguaient sur le bord de l'évier, à côté du cadavre d'une bouteille de rhum disparue trop tôt. Mais elle n'était plus que rancune, colère et, maintenant qu'elle y pensait, un peu nausée. Une semaine ici et la voilà qui craquait déjà. Ses amis lui manquaient.

10

Elle se réveilla avec l'impression d'avoir traversé une tempête de sable. Elle avait la bouche crayeuse et les yeux secs. Elle était encore habillée, étendue sur son lit, la lumière allumée. Les moustiques s'en étaient donné à cœur joie au vu des piqûres qui s'alignaient sur son bras. Dehors, il faisait grand jour. Quelle heure était-il ? Elle se leva et se précipita vers son évier : le rhum et le vin ne faisaient pas bon ménage sur un estomac vide. Après s'être lavé les dents et avoir avalé un cachet, elle avisa le sachet de navettes acheté la veille à la boulangerie. Il lui fallait manger quelque chose. Son portable indiquait 10 h 30... la journée allait être longue et pénible. Il lui revint en mémoire que Gabriel viendrait la chercher en début d'après-midi ! Oui, longue et pénible.

Maud : J'ai reçu des textos de ma sœur avec beaucoup trop de points d'exclamation et de cœurs. Elle ne parle que de son musicien. Pas trop épuisée par la tempête, Éliane ? Ici, ça commence à sentir les vacances. C'est pas trop tôt, je te le dis.

Gabriel était arrivé une toute petite poignée d'heures plus tard. Elle avait essayé de se remettre de ses bêtises de la veille avec un café bien fort et une affreuse douche. Son mal de crâne persistait, son estomac était menaçant mais elle réussit à faire bonne figure. Dans la voiture, ils avaient parlé de leurs boulots respectifs. Gabriel ne bossait plus vraiment depuis deux ans maintenant. Il gagnait un peu d'argent en faisant des travaux chez les gens aux alentours. Il vivait avec ses parents depuis qu'il s'était séparé de Marc. Ils étaient vieux ; il s'occupait d'eux ; ça lui évitait d'avoir à s'occuper de lui. Oh bien sûr, il avait en tête de prendre un appartement dans un village proche et de trouver un travail régulier. Cela viendrait… Ursule relançait la conversation autant qu'elle le pouvait. Finalement, ce n'était pas si mal que Gabriel soit un grand bavard. Après être passés au magasin de bricolage faire changer le module inutile, ils s'assirent en terrasse. Alors que Gabriel commandait un panaché bien frais, elle préféra une eau pétillante sans glaçon. À l'intérieur de son estomac continuait de se jouer une terrible bataille. Gabriel lui assura que cette fois-ci, elle pourrait effectuer elle-même le montage de la chasse d'eau, et il enchaîna avec le restant des travaux.

— Elle a du potentiel, cette maison. C'est quoi tes plans pour l'été ?

— Oh, pas grand-chose tu sais. Un bon coup de dépoussiérant et un peu de peinture. Histoire de la rendre plus présentable.

— Pour y habiter, il faudrait plus que ça.

Y habiter ? La bonne blague ! Ursule n'était déjà plus certaine de vouloir y rester, alors y habiter… Gabriel s'étonna.

— J'avais cru comprendre que tu serais là jusqu'à la fin du mois d'août.

Ursule s'empêtra dans ses explications : rien n'était vraiment convenu. En venant, elle n'était pas certaine du temps qu'elle resterait. Et puis, en juillet, elle rejoindrait certainement son ami Jiji à Avignon, pour le festival. Si Maud et Nadine descendaient voir les Rosenthal, elle irait peut-être passer quelques jours en bord de mer, histoire de s'occuper de Rose. Non, vraiment, rien n'était gravé dans la pierre. Il renifla en dessinant des formes dans la marque d'eau qu'avait laissée son verre sur la table.

— Tu as passé une si mauvaise soirée que ça avec nous ?

Gabriel n'avait pas été dupe. Il l'avait bien vue broyer du noir, les yeux pleins d'eau, en prétextant une insolation.

— Et puis apparemment, t'as été bien pimbêche avec Pierre-Louis.

Elle s'offusqua :

— C'est ce qu'il t'a dit ?

Non. Ce n'était pas ce qu'il lui avait dit mot pour mot. Mais le musicien avait raconté à Gabriel la virée d'Ursule dans son jardin et son inexplicable bouffée de colère du samedi soir.

— Il m'a dit que t'avais l'air d'en avoir gros sur la patate. Et aussi que tu avais pas très envie d'être là. J'ai l'impression qu'il a pas mal visé. Avec moi sur les bras, il est plutôt calé en gens paumés…

Foutu fils Fournioux. Gabriel continua de patouiller dans sa goutte d'eau et garda le silence. Le grand bavard savait aussi se taire. Ursule sentait les rouages de son cerveau se mettre en marche difficilement, toujours grippés par les affres de la veille.

— J'ai pas été pimbêche.

— OK.

— C'est juste que…

C'est juste qu'il n'était pas là au bon moment. Ou peut-être que c'était elle qui n'était pas là au bon moment. Elle aurait adoré… adorer la soirée. S'amuser, trouver les gens beaux, danser et s'extasier sur la salade d'un dénommé Jean ou la tourte aux asperges sauvages d'une certaine Émilie. Mais elle s'était sentie coincée, serrée dans toutes ces lumières et ces corps dansants, étouffée par cette musique qui lui était inconnue et ne lui apportait aucun réconfort. Elle s'était peut-être trompée. Elle avait décidé sur un coup de tête de partir à l'autre bout de la France et elle s'apercevait une fois ici que ce dont elle avait besoin, c'était justement de rester chez elle. De trouver ce réconfort dans le lampadaire qui illuminait son salon à toute heure. Dans le bruit de la grande rue à deux pas de la sienne, dont elle entendait le murmure des klaxons dès le petit matin. Dans le claquement de la porte de Georges, son voisin, qui aimait écouter Madonna et Kylie Minogue quand il était seul ou encore dans le bruit râpeux de la serpillière de Mamine, sa gardienne d'immeuble sans âge, sur sa porte d'entrée le dimanche matin.

— Ou alors c'est juste un peu tôt pour que tout aille mieux. Et peut-être que c'est pas du réconfort que tu es venue chercher ici.

Ce qu'elle était venue chercher, c'était elle. Elle s'était dit que dans un environnement neutre, dépourvu de ce qu'elle connaissait, elle arriverait à se retrouver.

Elle avait passé les dernières semaines à le préparer, ce voyage, à imaginer ce moment où elle ouvrirait la porte de la maison, et puis… rien. Il ne s'était rien passé. Pas de révélation. Pas de vent de bien-être. Pas de paix intérieure. Gabriel lui tendit son paquet de cigarettes. Elle lui répondit par une grimace déçue : elle avait trouvé son paquet vide sur le sol ce matin et ses poumons, fragilisés par des années de clopes et certainement pas mal de pollution, lui faisaient bien comprendre qu'ils n'avaient pas plus apprécié la soirée que son estomac.

— Tu fumes pas, tu bois sans glaçons, et tu as mis une seule boucle d'oreille… t'as la gueule de bois, non ?

Elle hocha la tête avec la même grimace, touchant ses oreilles à la recherche de la boucle solitaire.

— Tu vois, si j'étais restée chez moi, je serais allée au Mcdo sur le coup des midi, et ce serait déjà fini.

— Ah ouais, tu te veux tant de mal que ça… Je croyais que t'étais végé ?

— Pas les lendemains de gueule de bois monumentale… ni à Noël…

Gabriel haussa un sourcil. Ce n'était pas la première fois qu'Ursule le voyait rouler ainsi de la chenille. Elle n'était plus à un jugement près. Il alluma sa cigarette avant de continuer.

— Et qu'est-ce que tu penses de te laisser du temps ? Si je comprends bien : tu as entrepris un voyage, tu viens juste d'arriver et tu te dis que tu as déjà tout visité et que c'est bon, tu peux repartir. Franchement, pour ton truc de te retrouver, je suis pas le mieux placé pour donner mon avis mais la région est jolie, les gens sont sympas et il y fait certainement meilleur qu'à Paris. Reste un peu. Décrasse-toi ! Et puis donne-le, ce coup de peinture, pour Éliane et sa famille. Fais-moi confiance, quand tu as la tête à rien, les travaux sont une bonne solution pour attendre que ça revienne.

Ursule avait demandé à Gabriel de rester tandis qu'elle remontait sa chasse d'eau. Il avait assisté silencieusement à l'opération en levant les bras avec elle lors de la grande victoire. Elle avait promis qu'elle rattraperait ses deux Mcdo du début d'année et son tout petit bout de foie gras de Noël en n'usant de ces toilettes que la nuit. Elle mettrait même une brique dans le réservoir pour ne pas gaspiller. La planète pouvait se rassurer, elle ne la laissait pas totalement tomber. Ils avaient paressé dans le jardin au soleil et elle lui avait proposé de dîner avec elle.

La semaine suivante, Gabriel était passé la voir en revenant de chez Pierre-Louis. Il lui avait apporté des courgettes et des cerises de chez ses parents ainsi que de la rhubarbe cueillie là-haut. Il l'avait félicitée de ses avancées dans le jardin qui doucement se disciplinait sous ses passages de tondeuse. Elle l'avait invité à rester boire un café autour duquel ils avaient parlé de tout et de rien. Elle avait trouvé un bon copain… Elle allait se donner un peu de temps.

Le dimanche suivant, Ursule décida de descendre à la grande brocante annoncée à une poignée de kilomètres de là. La petite ville tout en pierres montait et descendait de ruelles blanches, parées de stands multicolores qui vendaient ici des piles de vaisselle à petites fleurs bleues et là du miel de pays. Elle avait dû laisser sa voiture un peu plus loin et remonter un chemin poussiéreux bordé d'une rivière. Quelle douce idée elle avait eue de venir se glisser par ici. La vue était magnifique, la ville respirait de bonne humeur. Le cadre était fantastique. Elle s'était arrêtée pour envisager l'achat d'une table en fer forgé qui irait parfaitement dans le jardin, quand on lui tapa sur l'épaule. Évidemment, c'était lui ! Bien sûr qu'il serait là ! Dans un affreux short beige et un tee-shirt siglé d'une étrange grenouille blanche, avec ses cheveux blonds en épi et ses joues rouges. Elle ne put retenir ce qui lui venait à l'esprit :

— Mais tu es partout !

— Une fois de plus, c'est toi qui étais dans mon jardin.

En face d'eux, une fille en mini-short en jean et maillot de bain rose fit de grands gestes en direction de Pierre-Louis. Ses cheveux blonds et lisses lui dégringolaient parfaitement dans le dos. Juchée sur des talons compensés, elle lui montrait une grande capeline en osier un peu usée. Ursule se demanda comment on pouvait acheter un tel maillot de bain. Le décolleté finissait de se crever bien trop bas pour être élégant.

— Joli short.

— C'est pas très beau de se moquer ! Et puis à dix-sept ans, elle peut se le permettre.

Mais quel sauvage ce type, pensa Ursule. Ça sert à rien d'avoir des airs si angéliques si c'est pour être aussi désagréable. Ça joue les grandes stars de la musique le samedi soir dans le trou du cul du monde et le dimanche suivant, on se balade aux bras d'une mineure qui a oublié de mettre des vêtements. Et puis il insinuait carrément qu'Ursule, elle, ne pouvait plus se le permettre. Elle le vit soudainement virer au rouge, puis au blanc, tandis qu'il bégayait piteusement :

— Nan mais je veux pas dire que… Tout le monde devrait pouvoir… enfin, tu… Parce que tu pourrais très bien ! Enfin, ça t'irait très bien ! Pas que ce soit ton genre de… mais, enfin…

Après avoir glissé quelques pièces dans la main tendue du propriétaire, la gamine galopa jusqu'à eux, le chapeau sur la tête, interrompant la piètre tentative de rattrapage de Pierre-Louis. Elle parla très vite en anglais pour donner le prix payé à Lou et tourna sur elle-même. Elle sourit à Ursule :

— Bonjour, je suis Amy, le cousine de Lou.

Le cousine... évidemment, se dit Ursule. Pour le coup, elle avait été pimbêche… Pierre-Louis reprit un peu de contenance pour les présenter.

— Voici Ursule, elle habite la maison après la nôtre en descendant. Et elle me disait qu'elle aimait beaucoup ton short !

Mais il restait exaspérant.

— Oh ! Je le couper moi-même. Le chaleur ici, fit-elle en agitant la main pour faire mine de s'éventer. Moi, j'aime beaucoup sa robe. Les Françaises, le mode.

— Amy est à la maison pour le week-end. Elle va passer l'été dans le sud de l'Espagne, pour faire du woofing. C'est-à-dire…

— Je sais très bien ce qu'est le woofing, merci. Tu parles bien français, Amy.

— No, juste un petit peu. Avec la famille.

La conversation se tarit et la grande ado aux allures de mannequin s'excusa pour aller regarder un étalage de bijoux en argent, les laissant dans un silence embarrassant. Ursule sentit le rouge lui monter aux joues et cette inexplicable bouffée de colère ramper dans sa poitrine. Alors qu'elle balbutiait quelques mots polis pour prendre congé, à base de « voilà, voilà » et de « bon hein », il lui demanda si elle avait besoin d'aide pour descendre la table jusqu'à sa voiture. Ursule refusa tout net.

— Non. Non merci. Elle... ne m'intéresse plus.

C'était étrange, cette façon qu'il avait de baisser son regard lorsqu'il souriait, et de chasser le vôtre de tout ce bleu à d'autres moments. Elle lui fit un petit signe de la main, qu'elle trouva elle-même ridicule – l'étape suivante était peut-être de tenter un check – et tandis qu'elle avisait une fuite dans la première rue venue, il l'interpella à nouveau.

— Oh, et j'y pense ! Regarde sous tes fenêtres, les pots d'eau usée.

— Les pots d'eau usée ?

— Oui, pour les moustiques. Les gens oublient des coupelles d'eau, de vieux pots, et c'est comme ça qu'on se retrouve avec des moustiques la nuit.

Elle agita un doigt devant elle qui, elle l'espérait, lui signifierait correctement qu'elle avait compris, et se carapata.

Deux ou trois rues plus loin, elle tomba sur une fontaine. Elle s'assit sur la margelle. Non mais qu'est-ce qu'il lui prenait, aussi, de bégayer comme ça et de débiter des âneries à propos d'un short trop court ? Un short trop court ? Mais qui elle était... sa mère ? Non, mais que dirait Maud... ou Virginie Despentes ?! Et le droit de porter ce qu'on entend, alors ? Disparu. Ravalé. Digéré et régurgité à la vue d'une jolie blonde se baladant en toute candeur au bras d'un type qu'elle ne connaissait même pas. Elle en avait délaissé la table en fer forgée… Après avoir repris ses esprits, et s'être assurée à chaque coin de rue de ne pas retomber sur lui, elle discuta prestement – et sans grand succès – le prix de la petite table et entreprit de la traîner jusqu'à sa voiture. *Je suis forte et je suis indépendante*, s'encourageait-elle tout en se maudissant de ne pas avoir accepté son aide. Non ! Non, elle n'avait pas besoin de lui ! Elle n'allait quand même pas vivre une stupide aventure estivale avec un stupide musicien anglais ! C'était trop cliché, même pour la Parisienne cliché qu'elle était. Jiji lui dirait : « Derrière tout cliché, il faut bien des gens pour les incarner. » Et puis lui, aussi, ce Lou, il abusait quand même ! Non mais c'était quoi ces histoires ! Avec ses yeux bleus et ses allures gauches. Parce qu'il était musicien, et anglais ! Il se prenait pour qui ? Hugh Grant ? Jamie Fraser ? Oh mon Dieu, non… Jamie Fraser.

11

— Jamie Fraser !

— Quoi ?

Une fois sa table emportée, embarquée, déchargée, Ursule s'était empressée d'appeler Maud à la rescousse.

— Maud… je vis le syndrome Jamie Fraser.

— Toi t'as un peu trop dansé toute nue en montrant ta lune et maintenant tu penses que tu es passée dans une autre époque ? Mais en fait non, on t'avait prévenue qu'il y avait pas le wifi là-haut, Sussu ! C'est pas le Moyen Âge, c'est la campagne.

— Mais non, tu comprends rien !

— Si t'es dans les années 1990, par pitié, passe dire à mon moi de dix ans que ça sert à rien de se dessiner des taches de rousseur sur la tronche. Qu'à part les petits seins, on ressemblera jamais à Kate Moss. Parle-lui self-love !

— Rha, Maud, tu m'écoutes ! Je crois que je suis dans la merde.

Bruits de petite voix dans le combiné et d'appareil qu'on éloigne de l'oreille : Rose demande : « C'est Tatie ? » Discours calme et posé face aux réclamations de l'enfant qui ronchonne un peu mais s'éloigne. Conseils d'activité silencieuse lancés. Amour parental communiqué. Re-bruit d'appareil.

— Pardon. Raconte-moi : Jamie Fraser, donc ?

Ursule reprit les choses dans l'ordre. Le gentil Robert, le sauvage aux yeux couleur de nuage et les araignées dans la maison. Les nuits en courant d'air et le café oublié. La *tsabana*, les prunes et la rhubarbe. Le bal, l'odeur de miel et de cannelle, et la révélation.

— OK. OK. Mais je comprends pas le problème avec ce Jean-Pierre. Il a l'air gentil ?

— Pierre-Louis. Oui. C'est bien ça, le problème. Il est gentil. Il est beau. Il chante et joue de la guitare. Et… il est là. Et moi… je suis là.

— Oui enfin, t'es pas obligée de faire des Chocapic, aussi gentil qu'il soit. Quand tu me le décris, c'est pas James Dean non plus. Tu as utilisé les mots « allumette » et « dents de travers ». Tu m'as pas dit qu'il avait une cicatrice sur la tronche aussi ?

Maud et ses trips sur les mecs uniquement nés avant notre ère…

— Déjà, y a eu d'autres sexes symboles après les années 1950, ensuite, Hugh Grant, ça te parle ? Et puis même si c'était Quasimodo, je suis en train de te dire que ce type me rend électrique.

Gros silence suivi d'un rire de hyène.

— T'as plus qu'à lui demander de se brancher à ta petite prise pour voir si le courant passe.

— Mauuud, tu aides pas du tout ! Je suis partie pour essayer de fuir mes vieux démons et j'en trouve un qui joue à domicile. Et qui apparaît où que je sois.

— C'est vrai qu'il est pas mal…

Elle entendait Maud taper sur le clavier de l'ordinateur.

— Tu fais quoi, là ?

— Lou Pearson, donc. J'étais sur Facebook avec Éliane avant que tu appelles. Elle vient de m'envoyer une vidéo de votre samedi soir. Un musicien ? T'es déjà sortie avec un musicien ?

Loïc, été 1998. Petit boulot estival, Ursule était guichetière et barmaid pour la cave Saint-Rock. Lui, contrebassiste d'un jazz-band marseillais. Les douze musiciens du groupe Le Plus Petit Big Bang Sur Terre étaient payés une misère pour faire les intermèdes entre les stars et finir la nuit par des airs expérimentaux, devant un public de connaisseurs, souvent bien avinés. En échange, une fois le dernier client poussé dehors, ils avaient le droit de rester pour boire quelques bières, finir les plats du jour et les bouteilles de vin entamées. C'est Ursule qui était chargée de fermer boutique et de les accompagner pour les fins de soirée. Après que le ténébreux saxophoniste lui eut accidentellement caressé la main, qu'elle eut passé un bout de nuit à essayer d'apprendre deux accords de banjo épaule contre épaule avec le flamboyant Nicolas, c'était finalement avec le discret bassiste qu'elle avait accroché. Loïc avait une queue-de-cheval blonde et un visage carré. Ursule, qui n'était pas petite, était obligée de se mettre sur la pointe des pieds pour lui faire la bise. Ils s'étaient fait les yeux doux toute la semaine. Il dormait chez sa tante, elle vivait chez ses parents. Alors ils avaient passé la dernière nuit sur une chaise verte du jardin du Luxembourg, à se galocher, les lèvres teintées de brun d'avoir trop bu d'un très mauvais vin. Ils avaient vu le soleil se lever et Loïc lui avait tenu la main pour rentrer dans les rues désertes d'un Paris qui s'éveille à 5 heures. Ils s'étaient dit des au revoir déchirants devant l'immeuble d'Ursule, avec la promesse de s'écrire. Chose qui n'était, évidemment, jamais arrivée.

— Tu l'as jamais revu ?

— Une fois ! Six mois après. J'étais avec Nathan à ce moment-là. On a discuté comme si personne n'avait touché les seins de personne, en buvant des bières sur les quais de Seine. Et on s'est plus jamais contactés…

— Y a pas vraiment eu échange de fluide, alors quelque part, ça compte pas sur le bingo de tes ex.

Gros silence. Maud lui tapait sur les nerfs. À croire qu'elle ne prenait pas du tout sa remise en question au sérieux.

— Si, je te prends au sérieux. Mais j'ai du mal à savoir où tu vas. Je pensais que tu voulais déconnecter, vivre autre chose. Et là, il me semble que tu as des choses à vivre devant toi mais que tu es centrée sur une espèce de phase « Vivre toute nue et seule dans la forêt ». Et de mon point de vue, je dirais que ça te ressemble pas et que tu vas passer à côté de ce pour quoi tu es là-bas.

— Ce que tu me dis, c'est… ?

— Couche avec le musicien.

Et basculer à nouveau dans ses travers ? C'était hors de question.

— OK, OK ! Imaginons que même après tout ce que j'ai pu être désagréable avec lui, je lui saute dessus au détour d'un chemin dans la forêt…

— Pour quelqu'un qui passe son temps à me dire qu'elle veut pas céder à ses pulsions, t'as quand même l'air d'avoir un plan, mais passons…

— Je reprends. Même si je cède en me disant que ce n'est pas bien grave et juste pour le fun, on sait toutes les deux comment ça va finir : dans trois mois, je suis sur mon canapé montreuillois, à écouter ses albums en boucle, en pleurant que je ne le reverrai jamais. Je vais m'acheter une guitare, prendre trois cours et m'en désintéresser.

— T'as pas déjà pris des cours de guitare à une époque ?

André. 2000. Ursule venait de rompre avec Nathan et avait suivi Jiji dans une soirée de potes de potes. Elle y avait fait la connaissance d'André, jeune prof de musique, qui donnait des cours de guitare. Il lui avait laissé sa carte. Elle avait pris l'excuse d'un cours pour le recontacter. Quand il était arrivé chez elle, elle n'avait pas de guitare, alors ils avaient plutôt enlevé leurs vêtements. Elle avait par la suite acquis un instrument mais malgré ses quelques coups de fil, André n'était jamais revenu la voir. Foutu guitariste. Elle avait revendu l'instrument aussi sec.

— Ah oui… y a un passif quand même. Écoute Sussu, je sais pas quoi te dire. J'ai l'impression que t'es prise dans une tempête que je ne maîtrise pas. Si tu craques, tu craques, mais tu peux aussi te contenter de commencer à profiter de ces longues vacances. Éliane me dit que Gabriel et Lou sont des gars bien et que tu as tout sous la main pour passer un bel été. C'est toi qui es bloquée. Pas le reste du monde.

C'était pas faux.

— Et puis… aucun vieux barbu agresseur sexuel ne va venir te marier avec ton guitariste. Eh ! Dis-moi, petite dévergondée : ça t'est passé par l'esprit qu'il était pas intéressé, ton Pierre-Louis ?

Ursule prit un instant pour réfléchir. Elle pourrait se tromper ? L'attirance ne serait pas réciproque ? Non, elle savait reconnaître le syndrome Jamie Fraser quand elle en voyait un. Si elle ne trouvait pas une solution, elle allait forcément mettre les pieds dans une nouvelle histoire dont elle n'avait absolument pas besoin en ce moment.

— Tu sais, le désir et la libido ma poulette, on contrôle pas vraiment, en fait…

Leur conversation s'était finie là-dessus.

Maud : J'ai raccroché sans te passer Rose. Elle me tape un scandale. Pour une fois qu'elle était sage, j'ai oublié. C'est l'heure de la douche. Envoie-moi un selfie de tatie spéciale p'tit cul quand t'as le temps.

Avant de se coucher, Ursule fit le tour de la maison. Pierre-Louis avait raison. Ici un pot oublié, là un bidon en plastique éventré. Elle trouva plusieurs sources où les moustiques pouvaient se reproduire à loisir. Elle avait acheté des géraniums citronnelles qu'elle disposa au bas de sa fenêtre et qu'elle mettrait en terre plus tard. Ils éloigneraient les bestioles.

Gabriel : Je me suis levé avec les poules pour faire le marché ce matin.
J'ai acheté des légumes comme si ma vie en dépendait.
Viens m'aider à tout manger ce soir.
Mes parents sont pas là et il y avait aussi un stand de vin.

On fera comme si on avait 17 ans, du rosé et un barbecue.

Le texto était long et mélo et lui était parvenu sur le coup de midi.

Ursule : Compte sur moi ! J'apporte le dessert.

Gabriel : Lou passe te chercher à 20 heures c'est OK ?

Oh non ! s'était dit Ursule, boudeuse. Elle pensait qu'ils seraient tous les deux, un peu de vin et le barbecue. Elle n'avait pas envie que Lou soit là.

La journée avait été parfaite. Après avoir cuisiné des moelleux au miel de pays avec les premiers abricots de la saison, Ursule avait passé la journée dans le jardin. Elle avait planté les géraniums au bas de ses fenêtres, désherbé la petite cour et avancé sur la tonte des herbes hautes. Elle regarda son téléphone. 19 heures déjà. Il était grand temps de prendre une bonne douche et de s'apprêter un peu avant que n'arrive Pierre-Louis. Assise là, à la petite table en fer forgé, à regarder le jardin, elle avait le sentiment du travail bien fait.

Elle vissa le tuyau au robinet et, comme à chacune de ses toilettes, se battit un peu avec la douchette. Elle accrocha le ciel de papier plastifié au-dessus de la bonde et le déplia. Elle se déshabilla dans la chambre et traversa la maison, drapée dans sa serviette de bain. Se laver restait ici un exercice insatisfaisant : la poire de douche menaçait de s'échapper, la pression semblait jouer un air qu'elle seule connaissait, le rideau vous collait à la peau et l'eau, qui ne montait pas en température, se répandait un peu partout malgré le sol incurvé. Heureusement, le soleil se chargerait vite de sécher tout ça.

Ursule fit défiler la playlist de son téléphone, se libéra de sa serviette et ouvrit l'eau. Finalement, ce n'était pas désagréable, cette eau fraîche sur son corps qui avait passé la journée à genoux, les mains dans la terre. Sur son téléphone, une chanson qu'elle ne connaissait pas parlait de départ et de vie entre deux lieux. De murs sales et de grands espaces. Éliane avait fait quelques ajouts lors de son passage. C'était joli, cet air de violon un peu triste et cette deuxième voix haut perchée qui complétait celle de l'homme… qu'elle reconnaissait bien. C'était Pierre-Louis qui chantait en duo, sur cet air de guitare folk et cette percussion sautillante. Il était doué, elle devait le reconnaître. Elle repensa à son passage sur scène et à sa silhouette de petit prince dégingandé découpée dans la lumière. Elle aurait voulu pouvoir l'apprécier en toute simplicité. Elle était effrayée à l'idée d'agir comme elle le faisait toujours : tomber sur un homme qui lui paraissait un peu exceptionnel et se cacher à l'intérieur de sa personnalité pour le temps qu'il lui accorderait. Mais tout ce qu'elle arrivait à faire, c'était à être revêche, fermée et même un peu stupide. N'y avait-il pas un entre-deux ? Un juste milieu où elle arrêterait d'être en colère ? Où elle pourrait apprécier sa compagnie comme celle de Gabriel. En fait, à vouloir tout changer, elle ne savait plus vraiment comment se comporter avec elle-même. À rechercher sa nature profonde, elle commençait à se fabriquer une personnalité toute pétée.

— Oh pardon !

Ursule hurla, reconnut la voix de Pierre-Louis et hurla à nouveau en essayant de se dissimuler dans le rideau de papier. De surprise, la malheureuse tira d'un coup sec sur la poire de douche, libérant le tuyau d'eau qui se mit à serpenter à pleine pression. Elle hurla de plus belle ! Lou se précipita pour fermer l'eau au robinet puis lui tourna le dos, les mains en l'air.

— Je suis désolé ! Je suis désolé ! Je pensais que tu serais prête !

Une vraie scène de vaudeville.

— Mais putain, tu aurais pu frapper ! On n'entre pas comme ça chez les gens.

Lou jeta un regard à l'absence de porte.

— C'est-à-dire que… tout était ouvert.

Elle se souvenait maintenant s'être dit qu'elle n'avait pas besoin de fermer. Après tout, ce n'était pas le vis-à-vis qui étouffait la maison. La loi de l'emmerdement maximal. Mais qui arrivait avec presqu'une heure d'avance ?!

— Tu peux sortir, peut-être ? Aller plus loin ?

Il s'exécuta en s'excusant encore et disparut dans le jardin. Ursule était écœurée par le rideau qui lui collait à la peau. Qu'est-ce qu'elle ne ferait pas pour un bon bain ! Elle s'essuya et enfila la culotte et la robe posées sur son lit. Elle regarda son reflet dans le miroir, enleva son vêtement et enfila un soutien-gorge avant de le remettre. Le sein libre ne serait pas pour ce soir. Elle se souvint de la présence de Pierre-Louis dans le jardin. Elle sortit en frottant ses cheveux dans une serviette-éponge. Il était assis à la petite table, fumant une cigarette, penaud.

— Je suis désolé d'être entré comme ça. Je pensais pas être autant en avance.

Une voix dans la tête d'Ursule lui criait : *Mais rigole ! Rigole ! La situation est drôle ! Désamorce !* Mais rien à faire. Elle fit un gros effort pour lui répondre quelque chose de sensé et dépourvu de colère.

— Désolée d'avoir hurlé.

Il écrasa sa cigarette dans un gros cendrier en terre sur le bord de la fenêtre de la cuisine. Ses cheveux avaient des airs fraîchement lavés et se baladaient follement tout autour de sa tête comme un petit nuage de coton blond. Ursule avait envie de lui dégager le front.

— Tu ne m'aimes pas beaucoup.

— On ne se connaît pas, c'est tout.

— Tu fais pas vraiment d'effort pour me connaître.

Il avait raison. Elle faisait même de gros efforts pour ne pas le connaître du tout. Mais ça, elle ne pouvait pas le lui dire. Et elle se retrouvait piégée, à lui répondre par des phrases toutes faites, tout en se demandant l'effet que cela ferait de frotter sa joue contre les petits picots blonds qui parcouraient le bas de son visage.

— Tu sais, ce soir, je pensais passer du temps seul avec Gabriel et il m'a demandé de venir te chercher. J'étais plutôt surpris que tu aies accepté son invitation.

— Gabriel est sympa.

— Gabriel est très sympa ! Et pour dire ça, c'est que tu as cherché un peu à le connaître parce que je sais qu'il est plutôt rugueux au premier abord. Donc le problème est avec moi.

— Tu cherches des problèmes là où il n'y en a pas.

Des phrases toutes faites… Il sembla jeter l'éponge et se leva.

— Si tu le dis. Tu es prête ? On peut y aller ?

Elle n'avait plus très envie d'y aller, à cette soirée. En rentrant se passer un coup de peigne, elle se souvint de sa dernière réflexion sous la douche : une personnalité toute pétée… Il était trop tard pour annuler, Pierre-Louis l'attendait dans la voiture. Et comme le disait Maud, ce n'était pas les autres le problème, c'était elle.

12

Elle s'assit dans la petite voiture décapotable que conduisait Pierre-Louis. Il roulait doucement sur le chemin caillouteux et, du coin de l'œil, Ursule voyait ses mâchoires contractées. Elle se dit que c'était quand même trop bête de commencer cette soirée par bouder chacun de son côté. Elle se força à faire le premier pas.

— Je voulais te remercier.

— De quoi ?

— Les moustiques. J'ai fait le tour des pots d'eau et j'ai enfin pu dormir.

Elle sentit ses joues s'enflammer quand il lui sourit dans le rétroviseur. Elle entreprit de resserrer le nœud du tissu dans lequel elle avait enveloppé les moelleux à l'abricot. Elle finirait peut-être par se détendre un peu.

Gabriel était tout guilleret et surexcité. Il leur demanda de le suivre jusqu'à une remise attenante à la maison. La bâtisse était très vaste et l'on devinait qu'elle avait été un lieu de labeur. Un grand bac de pierre noire fit penser à Ursule qu'il y avait longtemps eu des animaux ici.

— Des vaches, dit Gabriel. Oh, pas un grand troupeau mais pas mal quand même. T'imagines même pas la gueule de mon père quand je lui ai annoncé à quinze ans que je ne mangerais plus de viande. Chez nous, c'étaient des laitières mais leur vie finissait pas différemment, hein…

— Tes parents sont absents ?

— Yep, une semaine de tranquillité. Ils sont chez mon frère. Pour profiter un peu du bord de mer et des petits. Enfin, mon père va surtout râler qu'il fait meilleur dans la montagne sans mettre un orteil sur le sable… mais ça fait les pieds à mon frère qui, à sa dernière venue, m'a fait remarquer que je ne payais pas de loyer ici. Bref, venez voir ça !

Ils s'engouffrèrent dans la remise en silence et Gabriel referma la porte derrière lui. Il leur indiqua un recoin. Cachée entre un établi et une tondeuse à gazon, ramassée sur un tas de couvertures et de paille, une chatte léchait ses petits. Ursule posa la main sur le bras de Gabriel. La scène était tellement jolie. Et cela faisait si longtemps qu'elle n'avait pas vu de chatons ailleurs que sur Facebook. Lou s'accroupit auprès de la mère et des petits et caressa la tête de la chatte avant de se tourner, un peu déconfit, vers son ami.

— Encore ? Gabriel, tu sais ce qui va se passer.

— Qu'est-ce qui va se passer ? demanda Ursule, soudain inquiète.

— Non, tout est arrangé ! C'est la dernière fois ! Je fais opérer Coco aussitôt les petits sevrés. Ils sont bien grands maintenant !

Lou passa son doigt sur les petits corps dodus.

— Il y a des chatons plein la campagne. Ici, personne n'a les moyens de les stériliser, alors personne ne s'en occupe. Les gens adoptent des chats et les laissent vagabonder. Ils se reproduisent toute la belle saison. Je ne sais pas combien la pauvre Coco a eu de portées ! Et aucune chance de les élever.

— Mais… comment ça…

Gabriel fit un signe avec les mains en tirant la langue sur le côté. Pierre-Louis finit son explication :

— Les vieux leur tordent le cou, les noient ou autre. Je te passe les détails…

— Mais pas cette fois-ci ! Le père a accepté que je m'occupe de placer les petits et que j'emmène Coco chez le véto. Et celui-là, je le garde ! Je pense que c'est un petit mâle, je vais l'appeler Elvis.

Dans ses mains, un chaton noir et blanc se dandinait en miaulant. Elvis semblait un prénom des plus adaptés. Ursule s'approcha de la tribu et compta huit boules de poils. Elle caressa à son tour la tête de Coco qui ne semblait pas du tout embêtée que chacun touche à ses petits. Une minuscule chatte tricolore l'escalada, la reniflant de toute sa petite taille.

— J'adorerais reprendre un chat. La mienne est partie il y a trois ans…

— Qu'est-ce qui t'en empêche ? demanda Gabriel.

C'était vrai. Plus rien, maintenant qu'Éric l'avait quittée. Elle leur parla, en sortant, de la prétendue allergie de son ex. Elle demanda à Gabriel de ne pas trop s'emballer mais ce n'était pas un non définitif.

Tandis que Pierre-Louis allumait le barbecue dans le jardin, ils se retrouvèrent tous les deux à préparer les légumes dans la cuisine. Gabriel en avait fait mariner une partie toute la journée. Il avait également farci de petits poivrons et des champignons. Ils n'avaient plus qu'à assembler les brochettes. Une façon de cuisiner qu'Ursule approuvait grandement.

— Vous avez l'air un peu tendus tous les deux. Je ne comprends pas que vous ne vous entendiez pas.

— Tu sais, en ce moment, il n'y a pas grand-chose à comprendre chez moi. C'est pas lui, le problème.

— Alors arrête de me le martyriser. Et tente de passer une bonne soirée.

Et Gabriel s'y entendait en bonne soirée. Ils avaient mangé et bu abondamment. Gabriel leur avait raconté ses déboires sur Grinder. La jeunesse de la population du site et ses difficultés à passer de la discussion à la rencontre. Il savait raconter ses histoires et Pierre-Louis et Ursule étaient bon public. Elle en arrivait même à oublier un peu de se surveiller. Ils avaient parlé lectures, séries télé et musique, évidemment. La soirée était passée très rapidement et commençait à s'étendre lentement sur la nuit. Les deux hommes en étaient à apprendre du vocabulaire grivois de la région à Ursule, ce qui avait donné lieu à un libérateur fou rire général, quand Gabriel lui demanda :

— Alors, ces semaines de retrouvailles avec toi-même dans la nature ?

— Hormis mes dernières acquisitions linguistiques ? Une vraie catastrophe.

Ils rirent à nouveau. Mais Gabriel ne la lâcha pas ainsi.

— Qu'est-ce qui peut pousser une informaticienne parisienne à venir passer trois mois dans notre cambrousse ? Une rupture, je suis bien placé pour savoir que c'est difficile. Moi, j'ai effectué un repli logique dans ma famille. Mais pour toi ?

Alors Ursule raconta. Le torse velu et la rose sur le clavier. Les boissons protéinées et la course à pied. Le déménagement, la maison à Grenoble et la non-demande en mariage. La discussion avec Maud qui l'avait plus bousculée qu'elle ne voulait bien l'admettre, même si elle omit le passage où son amie l'avait accusée de consommer les hommes comme des chips. Elle conclut par son besoin de s'aérer et d'avoir un espace où recommencer à penser autrement. Gabriel siffla.

— T'étais tombée sur un bon. Il devait être grave bien foutu pour que tu t'aperçoives pas que ça le ferait pas.

Ursule haussa les épaules en souriant. Éric qui faisait parler de lui jusque dans les montagnes. Gabriel raconta à son tour une vie qui commençait à être lointaine. Un garçon dont il était fou amoureux, un emménagement et puis une carrière qui ne démarrait pas vraiment. Des difficultés financières qui leur avaient fait découvrir un couple moins solide qu'ils ne le pensaient, et puis la rupture.

— Et depuis, pas grand-chose. Je suis devenu un vieux pépère à chats qui fume des péts dans sa chambre d'ado. Je te le dis, Ursule, ne reste pas dans ces montagnes trop longtemps.

Elle se lança avec lui dans l'affabulation de sa future situation. Deviendrait-elle la sorcière du coin ou finirait-elle tellement cinglée qu'elle se mettrait à parler aux cadavres des araignées ? Lou les regardait discuter, silencieux, rejeté sur sa chaise, tirant sur la fin d'un joint.

— Et toi Lou ? Tu dis rien ? lui demanda Ursule.

Il poussa un profond soupir en lui lançant un sourire un peu triste.

— Je me faisais la réflexion qu'on était tous un peu pareils. Seuls, dans nos maisons en pierre, à attendre que l'été passe d'un côté et de l'autre de la montagne… comme si laisser filer le temps pouvait arranger nos situations. On n'est pas si différents.

Voilà. Ursule mettait enfin le doigt sur ce qui l'agaçait chez lui. Avec sa brillante carrière et sa gueule d'ange, il pensait être comme eux. Elle rit jaune.

— Tu trouves qu'on n'est pas si différents ? Mais toi, dans ta vie, tout va bien ! Tu as une belle carrière et là, tu passes le temps que tu veux ici, dans les montagnes, caché de tous à faire ce que tu préfères. Tu as quel âge ? trente ans ? J'en ai trente-huit et je viens de me faire larguer par un gars comme si j'en avais quatorze, au soleil dans un putain de parc. C'est à peine si j'ai pas eu un « On reste copains hein ? ». J'ai quitté mon taf et mes ovaires se dessèchent. Avec tes grands yeux et tes cheveux blonds, t'as l'air d'avoir toujours été au bon endroit au bon moment. C'est facile de me dire que quand ça va pas, il faut bouger les choses ! C'est facile quand on est libre de toute contrainte ! Quand on a toujours fait le bon choix.

Ursule sentit un vent froid accueillir son coup de sang. Un blanc. Le silence s'éternisa. Pierre-Louis avait baissé les yeux et Gabriel évita le regard d'Ursule avec une moue du genre : « Bien, les pieds dans le plat, ma grande ! »

Mais Lou prit la parole.

— J'ai pas toujours fait les bons choix. J'ai une petite fille de quatorze mois avec une femme avec qui je n'ai jamais été en couple. Je l'ai vue et prise dans mes bras une fois par mois depuis qu'elle est née. Quatorze fois. Ni plus ni moins, régulier comme une horloge, le père en toc. Mais il y a un mois, sa mère est partie avec elle pour trois mois aux États-Unis avec son nouveau mec. Ils vont peut-être s'installer là-bas. Et tu sais ce que je me suis dit ? Que c'était mieux comme ça. Elle a une mère et un beau-père qui l'aiment. Lui, il l'a voulue. Il a pris le lot. J'ai pas vraiment mon mot à dire parce que j'ai pas reconnu l'enfant... parce que je suis pas certain d'être quelqu'un d'assez bien pour avoir des enfants.

Il tentait de garder un semblant de sourire sur ses lèvres rouges. Ursule ne put s'empêcher de demander.

— Mais... tu veux pas la connaître ?

— Depuis que je sais qu'elle existe, je veux qu'elle soit heureuse. Même si c'est sans moi. Alors je disparais, pour pas être encombrant. Je voulais être fort, un homme, un vrai. Maintenant, j'ai juste la trouille qu'elle ne revienne pas à Londres à la rentrée...

Il se pencha au-dessus de la table vers Ursule et posa sa main sur la sienne. Large et sèche. Sur l'articulation de son pouce, une éraflure peinait à cicatriser.

— On fait tous des choix qui nous apportent ou pas. Et parfois, on pense faire les mauvais et c'était les bons. Et j'ai bien compris que tu étais là pour vider ton sac. Et ni Gabriel ni moi n'allons te juger parce que tu as pensé que tu échapperais à la peur de l'après en venant ici.

Gabriel s'était levé et avait passé ses bras autour du cou d'Ursule. Des gros sanglots montaient dans sa gorge.

— Je suis désolée… Je me supporte plus. Je veux être quelqu'un d'autre. Et du coup, je me retrouve toute bizarre, toute cassée. À vouloir effacer qui j'étais, j'arrive plus à être quelqu'un. J'ai été odieuse avec chacun d'entre vous. Les gens se font larguer tous les jours et la Terre continue de tourner ; mais moi, je sais plus comment faire. À dix-sept ans, on construit sa personnalité, à quarante…

Pierre-Louis vint s'asseoir à ses côtés.

— On la déconstruit ?

— La crise avant l'heure ?

— Un renouveau ? Une plus belle continuité. Tu ne te reconstruis pas une personnalité cassée, tu es juste en train d'exprimer vraiment ce qui t'arrive. Tu as le droit d'être cassée et en colère et triste.

Ursule releva les yeux vers Gabriel pour avoir son avis. Il leva les mains.

— Je suis en transition depuis quatre ans et les mots, c'est son truc à lui. Moi, c'est la drogue et l'alcool. Je vais nous rouler de la locale, ça t'éclaircira les idées.

Ursule s'essuya les yeux du dos de la main.

— J'ai l'impression de devoir revivre mon adolescence.

— C'est dur. C'était comment ton adolescence ?

Son adolescence ? Ses dix-sept ans ?

— Une peur panique de passer à côté de ce qu'il fallait vivre tout en ignorant ce qui rendait vivant. Dix-sept ans, quoi… Et toi ?

— Ah, moi. Mon grand nez plein d'acné toujours dans un livre quand je n'étais pas avec Gabriel, à fumer des joints dans le cimetière… J'avais les cheveux longs et peur des filles. Et je faisais beaucoup de musique. Avec ma mère. Ce qui n'aide pas en termes d'image.

Elle rit à l'évocation de ce jeune Pierre-Louis dégingandé.

— Lou, pourquoi t'es gentil avec moi alors que…

— Que tu me bats froid depuis que tu es arrivée ?

— J'aurais dit plutôt que je suis garce avec toi, mais gardons ce que tu viens de dire.

— Peut-être parce que Robert m'a dit de surveiller que les araignées te mangent pas… alors je surveille.

Sacré Bobbie-Bob…

— Ou alors j'avais deviné que tu te débattais avec toi-même et je connais ça… et peut-être aussi que je t'ai trouvée très déterminée avec ta jupe longue et ton panier en osier, à cueillir les fruits de mon jardin.

Gabriel sortit de la cuisine avec deux nouvelles bouteilles à la main et un joint allumé entre les lèvres.

— De quoi rire ou pleurer, les enfants ! La nuit est encore jeune et nous aussi. Buvons !

Il remplit les verres et tendit le sien à Ursule en même temps que l'herbe.

— À tes dix-sept ans retrouvés.

— D'après ce que m'a dit Lou, c'est plutôt les tiens que je rencontre.

— Oh ! On file au cimetière alors ?

Là, devant ces deux inconnus qui lui apportaient une tendresse folle, Ursule sentit qu'elle se fissurait. Ce serait ça, le grand secret : ils étaient tous perdus… certains faisaient juste mieux semblant que d'autres.

La soirée s'était éteinte avec le dernier joint sur des jambes emmêlées et des bras chauds, sur des mains qui lui caressaient les cheveux et le dos, sur des mots d'apaisement. Gabriel lui avait prêté un tee-shirt et ils avaient dormi tous les trois dans le vieux lit immense de la chambre de ses parents. Ils avaient ri, ils avaient pleuré. Pierre-Louis avait embrassé le front de son ami pour apaiser ses craintes. Ursule avait reçu leurs deux têtes contre ses épaules avant de tomber dans un sommeil embrumé. Dans la nuit, elle avait senti Lou l'entourer de ses bras. « Tu claques des dents », avait-il dit dans son cou. Elle s'était laissée aller contre lui. Qu'il était bon de ne se poser aucune question.

— Urs…

Le bout de son prénom avait été prononcé non loin de son visage. Elle ouvrit les yeux difficilement. Il était tôt. Peut-être même qu'elle venait juste de les fermer et que le soleil en avait profité pour sortir de sa cachette. Ceux de Lou étaient grands ouverts en face d'elle. Immobile, sa main posée à la hauteur de sa bouche, il respirait paisiblement. Elle se demanda même si elle n'avait pas rêvé. Était-il possible qu'il dorme ainsi, les pupilles pleines, ouvertes sur un autre monde ? Mais le regard de Lou accrocha le sien.

— Urs, on pourrait… se voir ?

— Tu veux dire… pas dans le pieu de Gabriel.

— Ouais, un truc comme ça.

Ce dernier se tourna dans son sommeil.

— Je vous préviens, si vous faites du sexe ici, je bougerai pas.

Les deux rirent doucement. Elle avança une main pour lui caresser les cheveux et lui dit :

— Demain soir ? Sans gueule de bois ?

— Demain soir, chez moi, sans gueule de bois.

— Pitié. Dormez un peu…

Ursule ferma les yeux et se laissa emporter par le sommeil.

13

Au petit matin, ou plutôt au grand midi, le regard brumeux d'Ursule se porta sur une minuscule lumière gigotant sur le parquet. Le soleil s'était infiltré par la fenêtre et jouait dans les branches d'un arbre. Dans son dos, elle sentait le corps lourd et encore endormi de Lou qui avait passé un bras autour de ses hanches. L'autre côté du lit était vide. Son cerveau évacuait le trop-plein de fumée de la veille. Ça remuait dans la cuisine. Elle entendait du Gainsbourg, sans bien discerner l'air, et une odeur de sucre chaud venait jusqu'à elle. Dans le miroir de la vieille armoire, elle voyait se dessiner, autour de son propre corps, le rond de l'épaule de Lou et la courbe de ses fesses dans un caleçon à rayures bleues. Elle voyait la tempête de ses cheveux blonds, dont elle sentait la caresse dans son cou, bouger au rythme de son apaisante respiration. Son torse n'était pas couvert de ce tapis velu qui faisait la fierté d'Éric. Ce n'était pas une baraque. Il avait des airs de grand ado un peu maladroit. Mais ses yeux ! Ses yeux. Ses yeux, doux et rassurants, avaient mille ans. Même après leur discussion de la veille, elle le trouvait plein de force, de sagesse et aussi de folie. Peut-être que ce serait bon de se laisser porter. Elle regardait son propre visage dans le miroir quand la main de Pierre-Louis remonta le long de son bras. Dans le reflet, il lui dit simplement, comme ce jour-là dans son jardin :

— Bonjour.

— Bonjour.

— Ça va la tête ?

Ursule réfléchit. En fait, la tête n'était pas au top mais ce qui la meurtrissait surtout sur le moment, c'était son estomac. Encore.

— Ma tête est occupée à essayer de ne pas vomir.

Il s'assit au bord du lit et frotta son visage de ses grandes mains.

— Je n'ai aucun regret mais, bon Dieu, que ça fait mal.

Gabriel passa une tête par la porte de la chambre.

— Papa, Maman ! Vous êtes réveillés ? Le petit déj est servi ! J'ai fait des pancakes.

Ursule lui jeta un oreiller au visage.

— Comment tu fais pour être aussi frais ?

— L'expérience. Debout, c'est chaud !

Ils avaient mangé de bon appétit, le cœur un peu plus léger que la veille. Les gestes entre Ursule et Lou s'étaient faits plus doux, comme si leur relation était un instrument qu'il avait fallu accorder. Au moment de partir, Gabriel la serra fort dans ses bras, lui imprimant une dose supplémentaire de tendresse.

— Merci encore pour les fondants aux abricots. Tu as un truc avec les pâtisseries. On se voit vite ?

— Bien sûr.

— Et… laisse-toi porter. En fait, tu es là pour ça, non ?

— Tu as raison.

— Tu pourras même vivre mes dix-sept ans mieux que moi.

— C'est-à-dire ?

Il désigna d'un mouvement du menton Lou qui sortait de la maison, ses clés à la main.

— Vous êtes mon feuilleton de l'été préféré.

La petite corvette remontait tout doucement, laissant défiler les rayons du soleil au travers des feuillages touffus au-dessus d'eux. Le léger vent soulageait la tête douloureuse d'Ursule. C'était agréable… Elle repensait aux paroles de Lou, sur sa petite fille qu'il avait peur de perdre alors qu'il se forçait à s'en tenir éloigné.

— Tu penses à quoi ?

— À ta petite.

— Oh.

— Tu ne nous as pas donné son prénom.

— Daisy.

Il garda sur son visage le sourire apporté par la consonance finale de ce prénom fleuri.

— Tout ce que je vous ai dit hier… j'en suis pas fier du tout, tu sais. Et je suis pas certain d'avoir bien joué mon coup en te déballant le truc tout en désordre entre deux verres de vin.

Mais c'était honnête, pensa Ursule.

— J'ai eu une période un peu spéciale quand mon troisième album a rencontré du succès. De l'argent…

— Des femmes.

— On va dire que ça m'a donné un regain de

confiance en moi… Plusieurs femmes. Et puis Lucia. Une soirée après un concert. C'était pas la première fois que je la rencontrais. Une copine de copine de copain. Une seule nuit. Je lui ai donné mon numéro avant qu'elle ne se sauve. Pas de nouvelles ensuite. Je n'ai pas cherché à la retrouver. Et puis un appel deux mois plus tard. Elle était enceinte, elle gardait l'enfant, elle ne me demandait rien. Elle voulait juste me prévenir.

— Par téléphone ?

Oui, par téléphone. De manière nette et froide, comme on tire sur un pansement très vite. Ils avaient convenu de se voir deux jours plus tard. Pierre-Louis était resté enfermé. Quarante-huit heures en autarcie. Totalement bloqué. Téléphone éteint, ordinateur débranché. Puis ils s'étaient retrouvés dans un café.

— C'était étrange. On ne se connaissait pas… Je lui ai dit que j'avais bien réfléchi et que j'avais envie qu'on essaie de se mettre ensemble. C'était un réflexe d'enfant qui veut tout réparer. Et elle n'avait pas besoin de quelqu'un comme ça dans sa vie. Surtout pas à ce moment-là.

Il avait demandé à faire partie de la vie de l'enfant sur lequel il ne se reconnaissait pourtant aucun droit. Alors ils avaient convenu de ce rituel. Une fois par mois, il déjeunait avec Lucia et la petite puis il emmenait l'enfant dans le parc d'à côté. Seul.

— Lucia est quelqu'un de bien. Une bonne mère. La petite est heureuse.

Il arrêta la voiture devant le grand mur de pierres qui protégeait la maison de la poussière de la grande cour.

— J'ai passé une bonne partie de ma vie seul avec ma mère. Et c'était plutôt une bonne chose… Alors je me dis que c'est peut-être mieux pour la petite aussi, que je ne reste pas dans le paysage…

Ils ne se connaissaient pas vraiment alors Ursule retint ce qu'elle avait en tête. Des paroles qui ne rimaient pas à grand-chose quand on ne savait pas l'étendue d'un passé. Il lui sourit de cette mimique un peu fragile qui lui collait aux lèvres.

— Demain soir chez moi ?

— Demain soir chez toi.

Elle déposa une bise sur sa joue râpeuse avant de sortir. Alors qu'elle poussait son portail, il se mit debout dans la voiture pour lui dire :

— Maintenant que nous avons dormi dans le même lit et que je t'ai raconté que j'avais été largué par la mère de ma fille après une seule nuit, nuit durant laquelle on pourrait penser que nous avons eu des rapports sexuels non protégés, je me demande vraiment pourquoi tu te pointerais chez moi demain ?

— Peut-être que je me dis que ça vaut le coup de faire la connaissance de Pierre-Louis Fournioux… ou alors c'est parce que Robert m'a dit que tu étais un bon gars.

Sacré Bobbie-Bob…

Le lendemain, Ursule agita la petite cloche de l'entrée de la maison en pierres de Lou. Son cœur s'envola dans le courant d'air de la porte qui s'ouvrit devant elle. Il avait discipliné ses cheveux et portait une chemise. Ursule lui tendit le bocal de compote de rhubarbe et de pommes faite à son intention.

— Ma grand-mère m'a toujours dit de ne pas arriver les mains vides chez quelqu'un. Et elle disait aussi : « Si ça se mange pas, ça vaut pas le coup. »

Il la remercia avec ce sourire qui se dessinait jusque dans le haut de ses joues et l'invita à entrer. Sur une table haute de bois clair, dans la lumière du jour qui ne se coucherait que dans quelques heures, se trouvaient un pot de tapenade, des gressins épais, et deux verres à vin. La scène, toute simple, était bien jolie dans la maison encombrée de bibelots d'un autre âge. Aux murs étaient pendus différents instruments à cordes. Tandis qu'Ursule les passait en revue, il commenta :

— Tu as devant toi le cimetière des instruments de mes premières années. Ma mère enseigne le piano. Elle était tellement fière que je fasse de la musique qu'elle a voulu tout garder. Ma première guitare, mon premier violon…

— Et ça ? On n'en joue qu'avec les mains vertes ?

Ursule montra une demi-mandoline remplie de terre de laquelle tombaient les longues pousses d'une plante.

— Ça, c'est moi qui l'ai fait. Après mon bac, je suis parti au Canada pour apprendre à fabriquer les instruments à cordes.

— Tu es luthier ?

Il gratta la petite plaie qu'il avait sur l'articulation de son pouce, due à un coup de rabot de trop.

— Eh oui. Je ne pensais pas que la musique décollerait pour moi un jour… alors j'avais un autre plan.

Il lui montra son atelier où il fabriquait un ukulélé.

— Ça occupe la tête et les mains…

Il caressa le bois de la petite silhouette et rangea quelques outils dispersés sur son établi.

— Maintenant, mon loisir est devenu mon travail et mon travail, un passe-temps. Je t'offre un verre ?

Ils s'assirent face à face, tout d'abord un peu gênés. Elle lui posa quelques questions sur sa mère. Il lui parla de ses vingt années passées en France, à donner des leçons de piano, contre quelques billets, à ceux qui avaient le courage de monter jusque chez l'Anglaise. Les copains musiciens venus avec Pierre-Louis et le temps, et son retour en Angleterre, une fois son grand fils envolé vers d'autres aventures. Il prit des nouvelles de la maison et lui parla de cette table en fer forgé qu'il avait cru reconnaître dans le jardin. Elle avait transpiré pour la rapporter seule, c'était certain. Ses premières semaines ici avaient pris la forme des Douze Travaux d'Ursule. Mais il lui semblait qu'elle commençait enfin à s'y retrouver.

Quand la tapenade se fit rare, Lou proposa de passer au dîner. Peu sûr de lui, il apporta de la cuisine deux assiettes de légumes indéterminés, baignant dans un jus clair. Ursule avait regardé un instant son assiette avant de goûter. Pierre-Louis s'était défendu :

— J'ai suivi la recette à la lettre mais le résultat ne ressemble pas vraiment à la photo.

Il avait pris une fourchetée d'une purée qui semblait contenir du poivron trop cuit et de l'ail en très grande quantité, tandis qu'Ursule mâchait poliment un très sec bout de courgette. Il s'était mis à rire nerveusement.

— C'est immonde.

— Nan, c'est pas si…

— Je suis désolé. Je cuisine très peu. Je pensais pas qu'on pouvait autant rater un plat de légumes.

Il avait ri à nouveau, se passant une main dans les cheveux d'un air désolé. Ursule avait pris les choses en main.

— Laisse-moi voir ce que tu as.

Dans la cuisine, elle avait coupé un demi-poivron jaune et deux tomates. Dans une bonne rasade d'huile d'olive, elle avait fait revenir doucement les nouveaux légumes avec les herbes fraîches du jardin. Une fois qu'ils eurent compoté, elle avait ajouté, finement hachés pour ne pas les perdre, les petits légumes maltraités de Lou, qu'elle avait réhydratés dans le jus clair. Pendant ce temps, une courgette coupée en deux dorait dans le four. Encore quelques minutes et le riz serait prêt. Dans la casserole, elle n'avait rien ajouté. Ni sel, ni herbe. Juste un bon riz de Camargue, aux grains pleins, qui laisserait les légumes ensoleillés s'exprimer. Ursule était ravie. Les légumes dégageaient une riche odeur. Cela lui rappelait son voyage dans le sud de l'Espagne avec sa grand-mère, pour ses dix ans. Elle avait composé les assiettes, qu'elle avait, au préalable, posées quelques minutes dans le four : quelques cuillères de riz et une demi-courgette, qu'elle avait recouverte de la compotée de petits légumes ensoleillés. Un peu de sel, de poivre fraîchement moulu et le tour était joué. L'inquiétude avait quitté le visage de Pierre-Louis : ils ne mourraient pas de faim ce soir.

Après qu'il l'eut complimentée sur la beauté de l'assiette et l'odeur appétissante, ils avaient goûté en silence. Les légumes trop cuits ajoutaient une saveur presque fumée à la sauce dans laquelle s'étaient parfaitement équilibrés la tomate, l'ail et le poivron, le sucre et l'acidité. La courgette était restée ferme mais fondait en bouche. Le thym frais était tendre sous la dent et juste assez présent pour ne pas étouffer les papilles. Le parfait équilibre.

— C'est merveilleux !

Il avait acheté du vin au village. De ceux qui se trouvent dans de gros tonneaux et que les cavistes vous servent dans des bouteilles en verre consignées. De ceux qui ont le goût de la terre et du travail bien fait. Le vin était bon et leurs corps avaient fini par se détendre un peu à son contact. Le vin était bon comme le gros pain à la croûte brune et à la mie au goût de levain que Pierre-Louis gardait dans un torchon blanc, ou encore les fromages qu'il avait disposés sur une assiette en poterie verte. Il lui avait raconté.

— Quand je suis ici, j'ai une passion pour le marché. Le fromage et le pain, forcément, que je ne retrouve pas aussi facilement en Angleterre.

Elle coupa un morceau de fromage de brebis frais qui se laissa tartiner. C'était doux et parfumé. Elle soupira de bien-être.

— J'ai passé plus de deux ans à ne pas manger de pain blanc.

— Pourquoi une telle punition ? Alors qu'à Paris, tu as des boulangeries tous les dix mètres ?

— Mon ex.

Elle se surprit elle-même à mentionner Éric.

— Ah.

— Et les glucides, évidemment. Il comptait la moindre calorie de nos journées… Et le pain blanc, tu te dois de le savoir, est certainement fabriqué en enfer pour ceux qui ne veulent pas prendre un gramme.

— Tu m'en diras tant... Et alors, tu les trouves comment, là, les glucides ?

— ... d'enfer.

— Ah ah ! Attends ! Tu vas voir.

Il arracha un bout de pain d'une des larges tranches en veillant à emporter mie et croûte. Avec application, il tartina un peu de beurre de ferme et le saupoudra de quelques cristaux de sel. Il découpa une fine tranche d'un vieux chèvre sec et la déposa au sommet de son œuvre. Sa bouche sourit malgré lui et son œil pétilla d'un peu de vin, d'un peu de chaleur, de beaucoup d'envie. Il tendit la tartine à Ursule :

— Je crois que tu tiens là la quintessence de mes talents en cuisine. Trop anglais pour bien faire, trop français pour ne pas maîtriser la tartine et le fromage.

— Beurre ET fromage. Je me sens gâtée. Si je compte les calories...

— Soyons fous... ne comptons pas.

Il ouvrit de grands yeux, les bras croisés sur sa poitrine, tandis qu'elle glissait le toast entre ses lèvres. La croûte du pain était craquante et goûtait le feu de bois, le beurre était parfumé et adoucissait l'âpreté du fromage de chèvre bien fait. Et quand tous deux se fondirent l'un dans l'autre, ils libérèrent les gros grains de sel de mer, cachés entre eux. Pierre-Louis accompagna les hochements de tête d'Ursule tandis qu'elle mâchait et avalait le tout.

— Alors ? Alors ?

Elle réfléchit, la main devant la bouche, le temps de finir.

— Orgasmique !

Le repas s'était fini sur un verre de muscat, le nez dans les étoiles. Pierre-Louis avait prêté à Ursule un plaid qui sentait la cheminée et la poussière. Il lui rappelait l'odeur des affreux pulls mexicains que les ados adoraient. Et plus particulièrement celui du cousin de Paul chez qui ils étaient allés passer une semaine de vacances quand ils avaient quatorze ans. C'était en bord de mer, en Bretagne, Ursule avait supplié ses parents de la laisser partir. Une fois là-bas, elle était devenue folle du petit Breton qui fumait des péts le soir avec ses copains dans leurs pulls tissés. Paul avait embrassé son premier mec durant ces vacances-là. Elle avait passé les siennes à faire le garde, pour Paul et son béguin, et à soigner ses coups de soleil en regardant du coin de l'œil Ambroise faire de la planche dans les vagues.

— C'est l'histoire de ma vie.

— La bonne copine ?

— Quelque chose comme ça, oui. J'étais pas une adolescente très épanouie… Mais je me suis bien rattrapée. Et toi ? Ta jeunesse ?

— Avec les filles ? Comme je t'ai dit, pas folle. J'étais pas vraiment un objet de convoitise avec mes bras qui traînaient sur le sol et mes cheveux gras… L'ado lambda, sauf que je dépassais d'une bonne tête et demie les petits gars 100 % d'ici.

— Tu t'es pas trop mal arrangé.

— Heureusement, l'adolescence passe… J'ai rendu ma mère folle à une période. Elle me disait que c'était du gâchis, que j'avais de jolis cheveux. Une mère.

— Et ton père ?

Pierre-Louis but une grosse gorgée de son verre et pencha la tête de côté avant de répondre. Le poids des souvenirs, certainement.

— Ah, c'est une histoire compliquée... Je n'ai pas connu mon père. Ma mère est arrivée en France j'avais trois ans. Elle ne me l'a jamais clairement dit, mais avec le prénom qu'elle m'a donné, je pense qu'il était français. Elle a rencontré un homme ici, Claude Fournioux. La maison lui appartenait. Il était... plus vieux qu'elle. Très... violent... avec nous deux. Il est mort quand j'avais douze ans. Et c'est un peu la seule figure paternelle que j'aie eue. Tu comprendras que j'avance dans le noir avec Daisy.

Il tira son paquet de cigarettes et le présenta à Ursule. Ils se passèrent un briquet en silence. Il reprit :

— Gabriel me dit que je ne suis ni mon père, ni Claude. Que je devrais voir un psy et arrêter de faire le malheureux...

— On devrait tous voir un psy... tu es malheureux ?

— Je suis malheureux de mal gérer la situation. Je n'aime pas parler d'accident quand il s'agit de Daisy. C'est une adorable petite personne, pas une fuite de gaz. Et savoir qu'elle existe me rend au contraire assez heureux. Elle marche, tu sais ! Elle a fait ses premiers pas juste avant de partir en Californie.

Il dégaina son téléphone pour lui montrer la vidéo d'un bébé aux yeux clairs et aux boucles brunes tourbillonnantes, s'accrochant au banc d'un parc puis le lâchant pour rejoindre la caméra d'un pas hésitant.

— Je me demande ce qui se passe dans sa toute petite tête quand je vais la chercher, tous les mois pour ces quelques heures. Elle me reconnaît, tu sais... ou alors j'ai réussi à m'en persuader. Et dans trois mois, si elles reviennent, est-ce qu'elle me reconnaîtra toujours ?

Ursule eut une pensée pour Rose. Ce chaton d'à peine quelques mois, qui était venu du bout du monde par avion, entre ces deux inconnues qu'elle appellerait Maman. Ursule se serait étouffée de bonheur, si cela avait été possible, la première fois qu'elle avait vu son petit visage, paisiblement abandonné à une sieste, écrasé contre la poitrine de Maud.

— Les enfants ont de bonnes ressources quand il s'agit de trouver le bonheur, tu sais.

Il lui sourit. Il savait. Il avait été cet enfant, perturbé par le monde des grands, qui avait trouvé refuge entre les notes de piano de sa mère et la montagne.

14

À l'intérieur, Lou lui proposa d'écouter un disque. Un groupe de rock sudiste dont il trouvait la voix de la chanteuse – très soul – vraiment intéressante. Un mélange des genres qui lui parlait.

Pendant qu'il faisait la vaisselle, Ursule se mit à essuyer. C'était étrange, ce moment qu'ils partageaient où se mêlaient la simplicité d'une tâche du quotidien et la complexité d'une chimie interne qui la bouleversait malgré elle. Alors qu'elle se penchait par-dessus l'évier pour attraper un autre torchon pendu à un anneau devant Pierre-Louis, elle se retrouva soudainement dans ses bras. Elle se sentit se coller à lui comme l'huile d'olive dans une poêle chaude. Ça crépitait et ça bouillonnait alors qu'ils s'embrassaient enfin et elle sentit des ondes délicieuses lui parcourir le ventre alors qu'il se pressait à son tour contre elle. Il n'y avait pas que le vin qui lui faisait tourner la tête tandis qu'elle découvrait ses lèvres douces et la chaleur de son bassin contre le sien. Ses mains s'affolèrent et firent glisser sa chemise sur le sol avant de se faufiler sous son maillot de corps.

Elle se retrouva avec le vêtement dans les mains quand elle réalisa :

— Jamie Fraser !

Pierre-Louis s'écarta, un peu surpris.

— Pardon ?

Ursule se maudit : qu'était-elle en train de faire ? Pourquoi s'était-elle jetée sur lui comme ça ?! Et pourquoi avait-elle arrêté de l'embrasser ? Elle avait envie de lui, non ? Voilà que ça la reprenait : les questions se bousculaient, emprisonnées dans sa boîte crânienne. Elle enfouit son visage cramoisi dans le tissu. Elle s'était dit : pas de garçon ! Pas d'homme dans sa vie avant de savoir ce qu'elle voulait vraiment. Mais est-ce que ça voulait dire pas de sexe ? Qu'est-ce qu'elle devait faire, maintenant ? Lui donner une pichenette sur l'épaule ? Elle s'aperçut que ce qu'elle tenait dans ses mains, c'était son maillot de corps. Cette pensée le lui fit jeter droit devant elle et le vêtement rebondit sur un Pierre-Louis un peu ahuri. Elle cacha son visage dans ses mains puis le frotta vigoureusement. Merde, eye-liner.

— Je crois que… ce n'est pas une bonne idée.

— Je suis désolé, je pensais que…

Elle fit non de la tête. Elle sentait les sanglots remonter dans sa gorge. Elle était toujours coincée entre l'évier et Lou. Lou et ses grandes épaules, Lou et ses mains de musicien, ses poils blonds épars autour de son nombril et ses lèvres toutes chaudes. Elle se retourna et ferma les yeux.

— Tu peux remettre ton haut s'il te plaît ? Je crois que ça m'aiderait un peu.

Elle le sentit s'exécuter derrière elle.

— Tu nous avais bien dit que ton ex était sportif mais je suis quand même un peu vexé.

— Mais non, mais c'est pas ça !

Quand elle se décida à ouvrir les yeux et à se retourner, il lui souriait.

— Je blague Urs. Y'a... pas de souci. Une très grande frustration, mais aucun souci.

— Rah, je fais tout de travers ! C'est moi qui...

Il l'attira à lui et la serra le temps que tous les deux reprennent leurs esprits.

— C'est pas la meilleure des façons d'arrêter ce qu'on a commencé mais au moins, tu vas rien me jeter d'autre au visage. Mes casseroles sont en fonte...

La voilà qui riait, reniflait et soupirait à la fois.

— En venant passer l'été ici, je me suis fait la promesse de ne pas remettre tout de suite les pieds dans... enfin de pas... tu vois quoi.

Il attrapa leurs deux verres qui se vidaient doucement sur le bord de l'évier et les remplit à nouveau de ce vin doré et sucré. Il lui tendit le sien :

— Raconte-moi.

Elle lui dit. La petite fille qui rêvait de prince charmant, l'adolescence en demi-teinte et les relations éphémères. La discussion avec Maud et sa décision de ne voir personne jusqu'à nouvel ordre.

— Je pensais qu'être restée trop longtemps avec Éric, dans une relation dans laquelle je m'oubliais, était ce qui avait déréglé ma vie. Et après en avoir parlé avec Maud, je me suis rendu compte que ça faisait longtemps que j'étais à côté de la plaque...

— Tu le penses vraiment ?

— Elle a quand même dit qu'elle me suspectait de les bouffer…

— Je l'ai échappé belle.

Elle se sentait toujours électrique de ce qui s'était passé dans la cuisine. Il était quand même bien cute avec son air soucieux et ses cheveux qui s'éparpillaient à nouveau sur son front. Il était drôle… et pour sûr, il aimait la bonne cuisine, même s'il était préférable qu'il se tienne loin de ses fameuses casseroles en fonte.

— Combien en tout ?

— Oh non, c'est pas une question à poser. Et j'ai jamais compté.

— Menteuse… avec ta Maud, je suis certain que vous avez déjà compté. Vingt-cinq !

Évidemment que cette bourrique de Maud avait compté ! Il était loin du compte et c'était peut-être préférable. Elle en avait déjà trop dit. La situation lui paraissait aussi étrange que confortable. Étrange d'être là, dans ce jardin où il faisait si bon en cette heure tardive, à contempler les étoiles. Où étaient Paris et son odeur d'ozone, où étaient le bruit et la lumière ? Et pourtant, depuis quelques jours, cela lui paraissait normal et apaisant de se confier à Gabriel et Pierre-Louis.

— Je n'ai eu que peu de longues relations… et j'ai été libre jusqu'à mes trente-cinq ans. Très… libre.

— Disons que tu as commencé ta vie sexuelle à dix-huit ans ?

Elle pinça les lèvres.

— Dix-sept ans ?

Elle tchipa.

— Seize ?

Elle hocha la tête.

— Donc, si tu as été active à partir de seize ans, ça fait vingt ans en gros… et si on dit une moyenne d'un gars tous les trois mois.

Elle se boucha les oreilles et ferma les yeux.

— Je ne t'entends pas ! Je n'ai pas compté et je ne compterai pas ! Tu sais comment on appelle un mec qui a eu plus de cinquante partenaires dans sa vie ? Un Don Juan, un Casanova. Les équivalents féminins n'ont rien d'élégant, crois-moi… alors je compte pas.

Il leva les mains en l'air, il abandonnait ses calculs.

— Je te taquine. On a vite fait de juger ce qui sort de notre idéal de vie et que l'on ne comprend pas. Je ne vois pas le problème à ce que l'on fasse des rencontres comme on l'entend. Aussi nombreuses soient-elles. Cela ne regarde personne.

Elle en avait fait, de belles rencontres. Des hommes sympathiques avec lesquels elle avait passé de bons moments. Et il n'était pas question uniquement de sexe, non ! Avec Tanguy, passionné par l'Antiquité, elle avait passé une merveilleuse semaine en Grèce. Damien lui avait fait découvrir les meilleures caves à vin de la ville et elle avait lié avec Arthur, le fleuriste, une sincère amitié. Ils se retrouvaient régulièrement pour des goûters dans des salons un peu secrets, cachés dans de merveilleux jardins… enfin, jusqu'à ce qu'Éric entre dans sa vie et qu'elle ne réponde plus à ses photos de bouquets pourtant fabuleux. Elle likait sur les réseaux sociaux ses jolies compositions et ses photos de parcs fleuris, mais ce n'était plus comme avant… Oui, elle en avait fait, de belles rencontres, avant Éric. C'était simplement plus drôle de raconter les ratés que de parler de ceux qui auraient pu lui manquer.

— Et toi ? Cela ne regarde personne de combien ?

— Ah, moi… hum… j'ai donc touché une fille pour la première fois à vingt-deux ans.

C'était à son tour de le taquiner.

— No way.

— Vingt-deux ans donc… Et je suis resté avec elle cinq ans… J'ai eu une autre relation longue de trois ans… J'ai trente-cinq ans… Je dirais treize.

— Non !

— Tu es désagréable, tu sais ?

— Treize…

— Et personne depuis la conception de Daisy.

— Non !

— Si… Et si tu continues à te moquer de moi, je vais te chasser de mon jardin. C'était pratiquement de l'humanitaire que tu t'apprêtais à faire ce soir.

— C'est plus drôle que de creuser des puits en Afrique…

Il avait raison, tout cela ne regardait personne et peut-être que Maud avait eu des mots un peu forts… Est-ce qu'elles vieillissaient, à porter des jugements sur un âge, un nombre ou un short en jean ? Ce soir, Ursule aurait bien aimé retrouver la légèreté sur laquelle elle avait posé un mouchoir trois ans plus tôt.

— Je suis désolée.

— Y'a pas de mal.

Ils traversèrent la cambrousse tranquillement, à grands pas de vieux loup qui sait où la lumière de la lune l'emmène. Ils avaient le sourire de doux dingues de ceux qui ont passé une bonne soirée. Les mains étaient croisées derrière le dos ou fourrées dans les poches pour ne pas trop se frôler. Mais le chemin caillouteux les entrechoquait et Ursule était électrique du frottement de son épaule contre celle de Pierre-Louis. Ils s'étaient dit beaucoup durant ce repas. Ils avaient parlé beau temps, fruits et légumes, et puis ils s'étaient confiés. L'intimité de ceux qui sont bien décidés à se connaître. Et là, sur ce petit chemin qui descendait à plat, entre les arbres secs et les halètements du grand chien blanc, Ursule se disait une nouvelle fois qu'elle enverrait bien balader ses bonnes résolutions, sa nouvelle liste de principes et le syndrome Jamie Fraser. Elle l'attraperait bien, ce grand blond avec son sourire qui lui mangeait le visage, son humour anglais et ses silences plus sexy qu'un bataillon de princes Harry. Freddy les croisait dans un sens et dans l'autre, trottinant entre leurs jambes. Il détala d'un coup pour courir après un petit animal qui lui échappa. Pierre-Louis siffla entre ses dents et la grosse masse blanche sortit du fourré pour venir se frotter à son maître. Il était quand même pas mal, le Jean-Neige blond de la montagne, ça avait l'air si simple de ne pas résister.

Ils étaient arrivés par l'arrière du jardin. Pierre-Louis s'était arrêté à la première partie du terrassement. Un ange passa avant qu'Ursule ne s'avance vers lui et ne l'embrasse. *Oh ! Une toute petite fois, ce n'est pas totalement se tromper*, avait-elle pensé en sentant la main de l'homme se poser dans le creux de ses reins. Elle s'excusa encore :

— Je suis désolée pour tout à l'heure.

Il lui sourit et ses pommettes, si rondes, lui mangèrent les yeux.

— J'ai l'impression que c'est moi qui devrais te dire que je suis désolé ; je ne voulais pas te brusquer… je sais où tu en es dans ta vie. Comme tu le sais, je n'ai… rencontré personne depuis plus d'un an. J'étais un peu enthousiaste.

Ursule posa les mains sur la poitrine de Lou, en se concentrant de toutes ses forces sur sa volonté pour le pousser un peu. Tous deux parlèrent en même temps :

— Je vais rentrer.

Il rigola et se rapprocha d'elle pour l'embrasser à nouveau. Dans la nuit, il chercha ses yeux.

— Urs, une nouvelle fois, t'as le droit d'être en colère. Ou d'être triste. Tu as le droit d'en vouloir à la terre entière, de trouver ça injuste. De pleurer. Tu as même le droit de hurler. Ici, personne ne t'entendra ! C'est le bon moment. Prends le temps. Et peut-être qu'après, tu pourras te laisser aller. En attendant…

Il la poussa à son tour, tout doucement, du bout des doigts, posés sur ses épaules.

— En attendant, je vais rentrer chez moi sagement et aller… prendre une bonne douche froide comme les Cévennes savent en dispenser.

Oui, elle devait la comprendre, cette colère qui n'était finalement pas due à ses rencontres fortuites avec Pierre-Louis. Elle devait se poser sur cette tristesse qui n'était plus vraiment liée au départ d'Éric. Elle seule pouvait trouver la suite de l'histoire. Ursule se rapprocha encore une fois de lui, mais c'est le moment que choisit Freddy pour fendre l'air et venir chouiner entre eux, un bâton dans la gueule.

— Les aboiements de la sagesse. Cette fois-ci, j'y vais. Tu es chez toi, en sécurité. Mon devoir, s'il devait en être un, est accompli.

— Tout à fait. Deux adultes qui rentrent chacun chez soi.

Lou fit un petit geste de la main avant de lui tourner le dos pour essayer de mettre fin à ces interminables paroles de bonne nuit alors qu'ils avaient encore dignité et vêtements.

Ursule descendit les petits escaliers en sautant d'une marche à une autre et poussa un soupir à fendre l'âme. À quoi bon avoir quarante ans si ce n'était pas pour passer ses nuits comme on l'entendait ? Est-ce qu'elle allait vraiment commencer à compter ? Il y avait de quoi cogiter.

15

Ursule se pencha vers les plants de menthe et prit une profonde inspiration. Une simple caresse et les voilà qui embaumaient l'air. Elle allait en faire sécher un bouquet et mettre les feuilles en bocaux pour les tisanes de cet hiver. Elle eut une pensée pour Nathalie. Quand elle viendrait, il lui faudrait en récolter aussi.

— Bien le bonjour madame ! Avez-vous un instant pour entendre parler de notre Seigneur le Spaghetti Volant[1] ?!

Gabriel poussa le portillon du jardin, les bras bien chargés.

— Quelle entrée !

— N'est-ce pas ? J'ai longuement hésité avec le coup classique du vendeur d'encyclopédies. Tu m'offres un café ?

— Et… c'est une encyclopédie que tu as là ?

Il lui fit la bise. Dans ses bras, une boîte en carton, pourvue de trous et entourée d'un ruban, frémissait.

— Gabriel…

1. Gabriel fait référence au pastafarisme, une parodie de religion créée par des étudiants en Oregon et reprise par le dessin animé *South Park*.

La boîte se débattit et miaula plaintivement.

— Mais tu as dit que ça faisait des années que tu voulais un petit chat. J'en ai plein ma grange et mon père menace de les tuer si je trouve pas des familles tout de suite… Elle a deux mois, elle est sevrée et si tu la prends, je veux bien payer les vaccins et l'opération !

Ursule ferma les yeux en pestant mais emporta la boîte vers la table en métal et en défit le ruban. Une tête furieuse s'en échappa, lui laissant à peine le temps de pousser le couvercle. C'était la toute petite chatte tricolore. Elle lâcha un petit « miou » désapprobateur à l'encontre de Gabriel.

— Mais dis donc, tu te ferais engueuler ! Alors ma toute douce, il te fait des misères, le Gabriel ?

Ursule caressa la petite tête du chaton qui se frotta en ronronnant.

— Elle est comme toi. Elle commence par ronchonner mais elle n'est qu'amour.

Ursule lui répondit par une grimace.

— Oh s'il te plaît ! Garde-la ! Si petite, elle se fera très bien à la vie en appartement et j'en ai six autres à placer.

— Tu gardes toujours le petit noir et blanc ?

— Elvis, oui. Coco se fait vieille et j'ai pas envie qu'elle déprime une fois que tous les petits seront partis. Pour une fois que j'arrive avant mon père. Alors tu la gardes ?

Ursule soupira tandis que la chatte s'installait dans le creux de sa jupe et se laissait caresser.

— Ouais, évidemment que je la garde. Lou ne t'en prend pas un ?

Gabriel s'assit, soudainement plus détendu, et s'empressa de lui dire :

— Oh tu veux parler de Lou ? Je m'installe alors. Il dit qu'il bouge trop pour prendre un chat. Par contre, j'en ai parlé à Éliane alors si tu achètes un panier, prends-le assez grand pour y mettre deux chatons. Alors, Lou ?

Il ne respire jamais, se dit Ursule. Elle pinça les lèvres. Hors de question de lui raconter.

— Tu peux te lever, je n'ai rien à te dire.

Il s'allongea sur la table de dépit.

— Oh allez ! Je sais que vous avez dîné ensemble ! Je te signale que je dormais dans le même lit que vous samedi dernier. Il te plaît pas, mon copain ? C'est sa coupe de cheveux ? Ses tongs ?

Il ne la lâcherait pas.

— Mais bien sûr qu'il me plaît, ton copain… C'est pas la question.

— Je vois pas pourquoi c'est pas la question. Justement. Il est beau, t'es belle, vous vous entendez bien. Et ça fait des étincelles dès que vous êtes à moins d'un mètre l'un de l'autre. J'ai arrêté de regarder *Plus belle la vie* et *Game of Thrones* depuis que tu lui as fait le coup de « Oh mon Dieu, mais que j'ai trop froid dans ce lit où on dort à trois en plein milieu du mois d'août dans le sud de la France ».

Ursule prit un air offusqué.

— Je lui ai fait aucun coup. Rallume ta télé et arrête de vivre ta vie par procuration.

— Touché.

Il fit mine d'être renfrogné.

— Va donc nous faire du café, que je pouponne ma nouvelle protégée.

— Tu as intérêt à lui trouver un joli prénom !

Elle allait lui donner un nom de personnage de série TV ou de pâtisserie. Peut-être Cookie ou Arya. Évidemment qu'elle allait le garder, ce chaton. Gabriel revenait de la cuisine avec deux mazagrans de café fumant. Une fois qu'il fut assis, elle déposa le chaton sur ses genoux pour sortir les briochettes qu'elle avait faites la veille et de la confiture de mûres. Elle avait fini par les avoir ! Grosses comme son pouce et sucrées par le soleil. Elle les avait cueillies trois jours plus tôt durant un jogging matinal. Elle n'avait pas tardé à les faire cuire pour les mettre en bocaux.

— Alors Grinder ?

— Boarf. C'était bien un temps… mais je crois que je suis de la vieille école…

— Plus d'appli de rencontre alors ?

— Je suis repassé à Tinder.

Évidemment. Mais c'était différent. Il y avait retrouvé ce type avec qui il discutait depuis quelques semaines maintenant. Ils allaient peut-être se voir. Gabriel n'était pas encore décidé. Il lui faudrait aller jusqu'à Nîmes… Et puis le type était informaticien, ce n'était pas vraiment son genre.

— Oh bah j'te remercie. Qu'est-ce qui te bloque sur son boulot ?

— Mais rien… je sais pas… Mais c'est lui aussi. On matche sur un morceau de musique en commun, la discussion est sympa, il me dit que ce serait bien qu'on se voie et il me propose une boîte de nuit ! Tu me vois ?

Moi ? Avec mon style de vieux punk des montagnes, en boîte ?

— Tu te trouves des excuses. Tu peux aussi lui dire qu'un resto, ou un bar, ce serait mieux pour discuter.

Gabriel n'avait pas l'air convaincu.

— Tu te rappelles ce que tu m'as dit la première fois qu'on s'est vus ? Qu'il fallait que je me méfie de la montagne, qu'on ne s'autorisait pas toujours à la quitter.

Ursule : Vous pouvez garder les boîtes. Le pull blanc n'est pas à moi. Je ne suis pas à Montreuil. Je te recontacte à mon retour.

Cela faisait presqu'un mois qu'elle était arrivée dans les Cévennes. Gabriel avait raison : remettre un peu d'ordre dans la maison l'avait amenée à en faire dans sa tête. Elle commençait à mesurer la chance qu'elle avait d'avoir pu quitter sa vie, presque du jour au lendemain, pour trois mois de vacances impromptues. Elle avait également compris qu'il n'y aurait rien de magique à être ici si le travail qu'elle avait entrepris ne partait pas d'elle. Alors elle s'était mise à faire le ménage dans son quotidien. Elle avait commencé par trouver le courage de faire comprendre à Éric qu'il devait lui laisser du temps. Elle lui avait envoyé un texto sans fioriture, à l'image des siens, qui avait eu l'effet escompté. Finis les messages lui demandant si elle serait chez elle tel week-end ou si elle avait gardé son livre sur la cuisine sans gluten. Et elle courait. Tous les jours. Elle était arrivée en aimant l'idée de vivre en pleine campagne et elle s'était confrontée à une réalité pleine de poussière, d'insectes et de solitude. Elle s'était dit que c'était tout elle : vouloir opérer de grands changements en étant irritée de sortir de sa zone de confort. Quelques semaines plus tard, ce n'était plus l'idée qu'elle aimait, mais bien cette campagne qui l'entourait. Le calme de la matinée, le chant des oiseaux, le bruissement des arbres de cette forêt qui s'étendait à perte de vue, la chaleur qui semblait ralentir le temps, le chant des cigales qui accompagnait ses journées et le ciel étoilé le soir venu. Elle était allée visiter un château encore en bel état et avait passé une journée en Camargue pour voir les nuées de flamants roses et les chevaux sauvages. Deux bains de foule après lesquels elle avait apprécié de retrouver le silence de la grande maison. L'autre matin, elle était montée taper à la porte de Pierre-Louis, pour lui demander si elle pouvait récolter un peu de rhubarbe. Il l'avait accueillie par une bise maladroite et l'avait laissée couper ce dont elle avait besoin. Ils étaient ensuite descendus ensemble jusqu'au champ de prunes. Elle lui avait proposé de déjeuner avec elle d'une bière fraîche et d'une salade de pâtes. Il était reparti avec son grand chien blanc sur les talons, après qu'ils s'étaient serrés dans les bras en se promettant de se revoir bientôt. Oui, elle avait fait du vide. Elle commençait à la toucher du bout du souffle, cette plénitude qu'elle recherchait.

Gabriel était venu vérifier que la cheminée pouvait être utilisée et lui avait filé un coup de main pour la déblayer. La météo annonçait quelques soirées plus douces ; Ursule y voyait une bonne occasion de faire une flambée maintenant que la grande salle était praticable. Quelques jours plus tard, alors qu'elle jugeait son intérieur présentable, elle avait invité Gabriel et Pierre-Louis pour la soirée.

Lou était arrivé plus tôt, souriant et agité, chargé d'une caisse de cerises et d'un large banc de bois qui servirait de table basse. Il avait appelé Lucia et ils avaient parlé. Lui, surtout, avait parlé. Daisy lui manquait. Il voulait participer à sa vie, de toutes les façons que Lucia lui autoriserait. Il voulait être son père. Elle lui avait assuré qu'ils reviendraient dans quelques semaines à Londres et qu'ils pourraient en reparler. La première année de la petite était passée si vite… elle était en accord avec Pierre-Louis, il était temps de trouver un rythme. Il installerait une chambre pour elle, chez lui, et ils pourraient commencer par un week-end. Il avait envie que la petite fasse la connaissance de sa mère qui était très enjouée à l'idée de pouvoir enfin jouer son rôle de grand-mère.

Pierre-Louis avait raconté tout cela à Ursule tandis qu'elle cuisinait. Il débordait de tout ce qu'il retirait de cette conversation, lui montrant, émerveillé, les dernières photos de sa fille, boucles brunes mouillées, peau salée et lunettes de soleil sur le bout de son petit nez rond. À son arrivée, Gabriel l'avait pris dans ses bras en lui disant combien il était content qu'il ait enfin passé cet appel. Ursule avait cuisiné indien et, tandis qu'ils trinquaient, la maison s'était colorée des senteurs du feu de bois, du mélange d'épices et du pain chaud doré à la poêle. Oui, Ursule l'apprivoisait, ce nouvel espace, cette autre vie. Le Gang lui manquait toujours mais l'envie de rentrer avait été remplacée par l'agréable idée de tous les voir débarquer ici. Paul ferait une sieste à l'ombre, accompagné de Joël. Ce dernier surveillerait d'un œil son grand garçon, devenu presque adulte, engagé dans une partie de badminton avec Nathalie. Ils iraient tous ensemble à la rivière faire découvrir l'eau et les plages de galets à la petite Rose. Jiji et Maud feraient les lézards au soleil et se chicaneraient sur leur dernière lecture en prenant Nadjia à témoin. Nadine l'aiderait à préparer du taboulé pour tout ce petit monde… Oui. Elle l'imaginait pleine de vie, cette maison qu'elle voyait se ranimer un peu plus avec la présence de ses deux nouveaux compagnons.

Ils en étaient à se dire que jamais ils ne finiraient ce dhal de lentilles, et encore moins les samosas de légumes, quand Gabriel commença à se moquer gentiment d'Ursule.

— Tu veux dire que tu vis dans une maison dont tu n'as jamais visité l'étage ?

— Il y a une porte en bas des escaliers… je me suis dit que c'était très bien comme ça.

Ursule leur avait raconté son arrivée et ses aventures. La poussière en manteau de neige, les milliers de cadavres de minuscules soldats ailés et rampants et les moutons cachés derrière les portes qui n'attendaient que son passage pour traverser le couloir. Elle avait bataillé trois semaines contre la maison ! Alors l'étage ? Elle s'était déjà imaginé la taille des ballots de poussière et la possibilité que des petits rongeurs en aient fait leur logis. Elle n'était pas prête pour les cadavres de mammifères. Elle avait préféré se concentrer sur le jardin. Il fallait dire qu'elle avait fini par s'y retrouver. Elle avait emprunté quelques livres trouvés chez Pierre-Louis et téléchargé une application pour reconnaître les sols selon ce qui y poussait. Elle avait fait le tri entre les indésirables et ce qui était à garder. Elle avait complété les herbes aromatiques et délimité les plants de framboises et de menthe qui se disputaient férocement un bout de terrain. Finalement, contrairement à ce qu'avait pu lui dire Maud, Jane était un peu devenue Jane.

Gabriel avait de la suite dans les idées.

— Du coup tu sais pas du tout ce qui se trouve à l'étage ?

— J'en ai quelques souvenirs qui datent de ma dernière venue mais je ne sais pas ce qu'il en reste. On devait y aller avec Éliane et puis le week-end est passé plus vite que prévu.

— Et… T'entends pas des bruits la nuit ?

— Oh Gabriel, arrête ! Je te jure que si tu t'engages sur cette pente, vous restez tous les deux pour la nuit !

S'ensuivit toute une discussion sur les personnes mortes ou pas dans la maison et les légendes urbaines de la région. Assis dans le grand fauteuil qu'Ursule avait sorti de la chambre, Gabriel ne manquait pas d'histoires macabres. Il n'y avait pas d'âge pour se faire peur autour d'un feu.

— C'est fait, Gabriel, tu restes dormir.

— J'imagine bien que je reste dormir, ouais.

Lou avait passé un bras par-dessus l'épaule d'Ursule et jouait avec ses cheveux. Il ignora le sous-entendu de Gabriel tandis qu'elle lui adressait une grimace.

— Ursule, tu as deux solutions. Soit on parle du moment où tous les deux, vous vous êtes vus tout nus, parce que je sais que c'est arrivé…

— Non.

— Soit on monte voir ! Je dis ça, je dis rien… mais tu sais qu'il y a une baignoire là-haut. Si on ouvrait l'étage, t'aurais une vraie salle de bains.

— Ça t'éviterait d'avoir à prendre ta douche aux yeux de tout le monde, lâcha Pierre-Louis.

Il inclina son verre vers elle pour appuyer son propos, un sourire en coin. Il ne perdait rien pour attendre. Gabriel finit son vin d'une traite, guettant la réaction d'Ursule.

— J'abandonne. On monte !

16

La lourde porte qui bloquait les escaliers ne se fit pas prier pour s'ouvrir et la petite chatte d'Ursule s'empressa de s'engouffrer dans les escaliers. Gabriel prit les devants, une puissante torche en main. Il n'y avait plus que de rares ampoules dans cette partie de la maison. Il y était monté avec Éliane, l'année passée, pour redescendre la table ronde de la cuisine alors remisée au grenier.

— Là, c'était l'ancienne chambre des grands-parents.

— Antonia et Pierre. Je me souviens, leur dit Ursule. Mais oui, je me souviens ! Ils avaient une grande armoire en bois et un lit massif avec des gravures qui représentaient des feuilles de vigne et du raisin. Il y avait une coiffeuse assortie sur laquelle Antonia posait ses crèmes. On avait le droit de s'y asseoir et d'emprunter ses peignes et ses bijoux, mais pas d'ouvrir les pots. Et là…

Elle sortit dans le couloir, suivie des deux garçons. Oui, elle se rappelait bien l'odeur de poussière et la petite fenêtre qui illuminait le couloir. Elle poussa la porte suivante qui s'ouvrit sur une autre chambre.

— Et là, c'était la chambre des parents de Maud et Éliane. Ils avaient une commode basse et un petit bureau où étaient rangés tous les dictionnaires d'étude des enfants. On avait trouvé un vieux dico de latin qui nous servait de grimoire. On s'était fait disputer parce qu'on avait dessiné des pentacles dedans.

La pièce était vide et poussiéreuse. Dans le fond, un vieux drap n'essayait même pas de les effrayer. Ursule laissa la porte ouverte et se dirigea vers la troisième.

— Il ne doit plus en rester grand-chose, mais…

Elle ouvrit cette dernière porte s'attendant à voir la pièce vidée de ses vestiges, mais comme Gabriel le lui avait dit, la baignoire était bien là. Cachée sous un drap blanc sur lequel elle tira.

— Elle est surprenante ! s'exclama Lou.

La famille de Maud était plutôt simple. Ursule se souvenait d'une maison chichement décorée et de gens sans prétention. Elle se souvenait aussi de la grand-mère des filles qui se faisait élégante le dimanche, gentiment moquée par son mari, et de cette baignoire sur pieds qu'elle aimait tant. C'était étrange de la trouver encore ici alors que tout le reste avait disparu. On aurait dit Peau d'Âne, cachée sous sa fine couche de poussière grise avec son émail blanc et ses pieds sophistiqués… Oui, une baignoire de contes de fées. Gabriel s'en approcha et laissa traîner de courtes traces blanches en la touchant.

— C'est une sacrée belle bête et elle est intacte. Elle ne demande qu'à être utilisée. Il faudra juste vérifier la plomberie. Et ça, je peux le faire.

Pour sûr, c'était une idée qui plaisait à Ursule. Ils la regardaient tous les deux, attendant son verdict, mais elle botta en touche.

— Quitte à visiter la maison, autant aller jusqu'au bout. Montons !

À l'étage supérieur se trouvaient les chambres où Maud et Ursule dormaient étant petites. Ursule leur raconta le pot de chambre sur le pas de la porte, qui leur permettait de ne pas avoir à descendre pour aller aux toilettes, mais qui les terrorisait. Il y avait quatre chambres. Ursule ouvrit celle qu'elles avaient l'habitude d'occuper et y découvrit les restes des meubles des grands-parents de ses amies. Dans un coin se tenait la vieille coiffeuse devant laquelle elles avaient passé tant de temps. Le miroir était brisé et il lui manquait un pied.

— Oh, quelle tristesse. C'était un si joli meuble.

Gabriel passa un bras autour de ses épaules.

— Tu sais, il y a vraiment de très belles choses à en faire, de cette maison. Enfin… une fois qu'on aura chassé les araignées. Tu veux y passer les trois prochaines semaines ? Ou tu acceptes un peu d'aide ?

Gabriel parlait déjà de redonner de la superbe au mur :

— Tu vas pas me peindre de la vieille pierre comme ça, hein ! Il faut au contraire la libérer et travailler sur l'isolation.

— Ce que tu me dis me ravit et m'effraie à la fois.

Quelle idée elle avait eu de dire qu'elle aiderait à refaire les peintures ! Elle était la première à se défiler quand ça parlait coups de pinceau. Elle voulait bien porter des boîtes, conduire un camion, prévoir les repas, garder un œil sur les enfants et même réparer les ordinateurs des uns et des autres : tout plutôt que peindre ! Elle n'était pas certaine de plus apprécier ce que Gabriel avait en tête.

Ursule avait sorti les tartes confectionnées à leur intention. Un mélange de rhubarbe et de framboises, recouvert de crumble qu'elle avait relevé d'un peu de gingembre. Malgré leurs protestations premières, ils avaient beaucoup trop mangé, ils ne se firent pas prier.

— Cela me semble de gros travaux, Gab. Même avec ton aide. Et puis, je suis là depuis plus d'un mois et je ne sais toujours pas ce que je compte faire...

— Des gâteaux ! C'est ça que tu devrais faire.

— On ne peut pas vivre en faisant des gâteaux.

— On peut vivre de n'importe quoi. Regarde Pierre-Louis.

— Je te remercie pour le n'importe quoi. J'ai beaucoup travaillé pour en arriver là.

— J'ai pas dit que c'était facile. Je voulais dire par là qu'on pouvait vivre de tout. Je dessine, Pilou joue de la musique, et toi tu pourrais faire des gâteaux.

— Non mais j'ai un métier, aussi.

— Tu nous en parles pas beaucoup.

Son métier... n'était pas encombrant. Ce n'était pas un métier par lequel elle était passionnée. Une fois passée la porte de son entreprise, elle avait la tête libre pour se consacrer à autre chose. C'était, depuis toujours, un moyen d'arriver à ses fins. Elle était le genre d'élève dont on disait qu'elle avait des prédispositions. Elle pourrait faire ce qu'elle voulait. Et ce qu'elle avait voulu, c'était acheter un appartement et partir de chez ses parents. Alors elle avait, de manière très cartésienne, choisi un domaine où elle pourrait se mettre à travailler rapidement, dans lequel il y avait des débouchés et qui lui permettrait de gagner, avec le temps, un salaire confortable. Ursule vit passer l'ennui de ce plan de vie dans les yeux de Gabriel tandis qu'il enlevait des toiles d'araignée des moustaches du chaton revenu se coller à lui.

— Waouh… C'est chaud, quand même. T'étais pas vraiment une rêveuse, plus jeune. Mais tu imaginais quoi plus tard ? Un mari ? Des enfants ?

— Même pas ! Je me voyais sortir tous les soirs, dans des boîtes à la mode, avoir de l'argent et faire la fête.

— Mouais… génération Sex & the City, quoi.

Elle rougit. Elle n'était pas la plus futée des adolescentes, elle devait le reconnaître. Mais derrière tout ça se cachait une profonde envie de faire différemment de ses parents qui se plaignaient toujours de leurs crédits et sortaient très peu. Elle les aimait, ils étaient de bons parents, mais la jeune Ursule de quinze ans avait peur de mourir d'ennui juste en vivant à leurs côtés. Alors, comme elle avait tout pour être heureuse et équilibrée, mais qu'il fallait bien faire sa crise d'adolescence, elle avait voulu ce qu'ils n'avaient pas eu. Aucun souci d'argent et une vie dissolue. Et elle s'était rendu compte un peu trop tard que les séries américaines étaient à côté de la plaque et que la vie qu'elle s'était imaginée n'avait aucune chance d'exister. Et l'ennui était arrivé.

— Et puis changer de taf, se réorienter, c'est bien beau mais quand on en est arrivé à bien gagner sa vie, dans un travail qui n'est pas particulièrement pénible, c'est difficile de se dire qu'on va en changer. Ça veut dire redémarrer, calculer un autre rythme de vie… Ça m'est passé par la tête, évidemment, mais… je n'étais pas vraiment prête.

En y pensant, Ursule n'était même pas certaine d'être allée aussi loin dans l'analyse de sa situation avant aujourd'hui. Le bac, les études, le Gang… chacun faisant sa vie, les uns à côté des autres, tous avec leurs particularités et leurs difficultés. Elle ne savait même plus quelle image elle renvoyait à ses amis ! Ils l'avaient un temps félicitée de son sérieux et de sa détermination, quand elle s'était lancée toute jeune et seule dans l'achat de son appartement. Mais depuis ce temps, elle était devenue la célibataire, toujours disponible pour un café ou une nuit sur son canapé, qui vous racontait en riant ou en pleurant les dernières aventures de son cœur pour vous changer les idées.

— C'est si important que ça de savoir quelle image tu renvoies à tes amis ? lui demanda Lou. Ils sont toujours là. C'est qu'ils tiennent à toi, comme tu es. La question, c'est : et maintenant ? Tu serais prête à changer les choses ?

Elle était là pour y réfléchir. Il fallait bouger les meubles, adopter un autre point de vue, se plier à un exercice différent. Et régler ce problème qui frôlait le freudisme avec la vie de ses parents.

Maud : Ah ouais ? Carrément ? L'étage ? Et bah ma Sussu, tu t'y fais mieux que tu ne le pensais, à la campagne. J'ai appelé mes parents : tu peux jeter tout ce qu'il y a en haut, nous avons récupéré ce qu'on voulait garder. Have fun ma louloute ! J'en peux plus d'être coincée à Paris, je sais plus quoi faire de Rose. Le mois d'août me semble très très très loin. Tu te reposes au moins ? Et le musicien ?

Quelques jours plus tard, Gabriel débarquait chez Ursule en milieu de matinée.

— Holà gente dame, me voici en ces lieux à l'aube pour vous montrer mes modestes plans.

— Tu es comme le Père Noël, tu arrives toujours les bras chargés quand tu viens chez moi. Tu veux un café ?

— C'est tellement l'aube pour moi que je veux bien un seau de café s'il te plaît.

Il entra avec elle dans la cuisine et disposa ses feuilles A4 sur la grande table.

— J'aurais voulu te la faire à l'ancienne avec des rouleaux de feuilles et tout, mais j'ai plus trop ce genre de matériel. Et puis bon, j'ai pas encore pris les cotes ni rien mais hier, ça tournait pas mal dans ma tête. Alors voilà ce que j'ai ressorti de tout ça.

Gabriel réajusta les feuilles tandis qu'Ursule se penchait dessus. Le plan représentait le bas de la maison. Une immense cuisine s'ouvrait sur le salon.

— Mais… où est passée ma chambre ?

— Ici, à l'étage !

Gabriel sortit de sa liasse de feuilles, d'où s'échappaient des Post-it, un nouvel A4 : il y avait couplé la chambre de Pierre et Antonia avec une partie de la salle de bains. Sur une seconde feuille, il avait esquissé l'ameublement : un grand lit, une armoire, la coiffeuse et un bureau. L'autre côté du couloir avait été partagé entre une petite chambre et une autre salle qui semblait contenir de petits isoloirs.

— Comme ça, en bas, on libère totalement l'espace. On casse les murs. On déplace la cuisine dans ce carré-là, où l'on garde une grande table pour un coin salle à manger, on crée un bar pour la séparer du salon et tout le reste devient une salle à vivre.

— Mais pourquoi libérer tant d'espace ?

Gabriel avait l'air de celui qui allait lâcher la grosse affaire. Elle le voyait gigoter sous l'effet du suspens.

— Pour Éliane !

— Pour Éliane ?

— Mais oui ! Tu l'as entendue, la gosse ! Elle est pleine de projets et d'énergie ! Maintenant qu'elle a fini son école de com pour rassurer ses parents, elle peut se consacrer au yoga. Elle a encore un an d'apprentissage pour avoir le droit d'enseigner. Elle rêve d'un lieu comme celui-ci. Le salon, on redonne un peu de sa superbe au plancher et on le lustre au poil. Deux grands canapés, des Fatboy et des meubles sur roulettes, faciles à pousser. En deux-deux, on transforme le lieu : d'un salon pour bavarder au coin du feu, il devient une authentique salle de yoga. Ici, la cuisine ! On peut accueillir jusqu'à quinze personnes assises. On monte les escaliers et on tombe sur ta chambre.

— Ma chambre ?

— Tout à fait. Ta chambre avec la baignoire intégrée et le bureau pour le business.

— Le business…

— Ici, une première chambre, celle d'Éliane quand elle sera là et à côté, les douches. Trois je pense, c'est suffisant avec des premières toilettes. Ensuite, on monte et là, quatre chambres supplémentaires et un cabinet de toilette parce qu'on n'est pas des chiens et que je veux effacer ton traumatisme du pot de chambre. Et dans le grenier : Un dortoir ! Franchement, je pense qu'on peut tranquillement y installer dix personnes sans être gueux. Il faudra pas beaucoup de matos, je pense qu'on peut laisser ça un peu à la roots en fait. Des matelas, des couvertures…

— À la roots…

— Et le clou du spectacle…

Il tira de dessous son tas de feuilles quatre nouveaux A4 attachés par un trombone et bordés d'autres carrés multicolores.

— Le jardin !

Cette fois-ci, le dessin qu'il assemblait était en couleur. Dans le jardin étaient installées cinq petites tables comme celle qu'avait achetée Ursule. Toutes de couleurs différentes. Le potager d'herbes aromatiques avait été mis au carré. Les noms des plantes étaient écrits sur des étiquettes rectangulaires autour de la zone. Menthe, thym, ciboulette, romarin, basilic, persil, coriandre. Et à l'endroit le plus ombragé du terrain, un carré blanc.

— Ici, un plancher. Pour pouvoir faire du yoga dehors au beau temps ! Et puis danser aussi, organiser des bals en plein air ! Et ça laisse une belle place pour lire dans l'herbe ou faire la sieste au soleil. Et puis dans les escaliers, le potager. Je suis certain qu'avec l'espace qu'il y a on peut faire de la permaculture. Un bon manuel et on aurait des légumes pour nourrir ce petit monde toute la haute saison.

— Quel petit monde ?

Il n'y tenait plus.

— Des chambres d'hôtes, Urs ! Tes chambres d'hôtes ! Tu te sens bien ici ! Tu n'as qu'une hâte, c'est de voir débarquer tes potes. Alors imagine des chambres d'hôtes ! Du printemps à l'automne, la maison pleine de gens ! Des vacanciers ou des élèves d'Éliane, et pourquoi pas des master class de Pierre-Louis et… je pourrais faire des ateliers de peinture ! On peut tout inventer ! Tout, si on se permet de rêver un peu.

Ursule se mordit la lèvre supérieure… Merde, merde, mais c'est qu'il y croyait. Des chambres d'hôtes ici, en plein milieu de nulle part. La grande cour qui pouvait accueillir quelques voitures, oui, et puis les sanitaires, ils pourraient louer à des associations et puis…

— Regarde cette cuisine !

Cette fois, ce n'était plus un plan mais une coupe de la cuisine avec toute son installation.

— Un double four pour que tu puisses cuisiner correctement, et un véritable piano à cinq feux. Un grand frigo à l'américaine. Je sais ce que tu vas me dire : la puissance ne sera jamais suffisante. C'est certain. Il faudra refaire une partie de l'électricité. Mais si on fait ça, la maison sera opérationnelle été comme hiver. Tu imagines ?

Elle imaginait. Elle imaginait les châtaignes dans le feu de cheminée à l'automne. Les tartes aux pommes du jardin dans un grand four. Les soupes qui bouillonnent dans de grandes marmites et le pain du petit déjeuner à la croûte craquante et à la mie pleine. Les petits choux au citron et à la menthe, à la fin du printemps. Elle imaginait. Elle rêvait.

— Mais Gabriel… elle ne m'appartient pas, cette maison.

— Non, mais elle est à Éliane. Et à Maud. Sauf que toi, tu sais compter. Éliane toute seule n'y arrivera pas. Mais toi, moi, on peut l'aider. Cette maison me parle, Ursule ! Elle me dit : « Aide-moi ! Fais-moi revivre ! »

et tu lances les mêmes signaux depuis que tu es là. Et je pense qu'ensemble, on peut le faire.

Elle et la maison, alignées sur la même longueur d'onde. Elle voulait bien y croire mais… Des ateliers de yoga dans le jardin l'été. Des musiciens et leurs instruments. De la danse, du dessin et de la peinture. Et elle aux cuisines et aux comptes. Et elle ici. Dans les Cévennes. Loin de Maud, du Gang et loin de Paris.

Ce serait un sacré changement de vie… Elle promit à Gabriel de vraiment considérer les choses. Ce qui était certain, c'est qu'elle était maintenant décidée à aider à remettre cette maison sur pied, qu'elle fasse partie d'une future aventure ou pas. Alors en attendant de se décider à casser des murs, il allait d'abord falloir accueillir le Gang qui débarquerait dans un mois.

17

Gabriel était devenu le maître d'œuvre de la petite entreprise. Ursule s'était dit que ça lui permettait de le temporiser sur ses envies de grandeur. Pierre-Louis était venu les aider à déblayer les vieux meubles de l'étage. Il récupérait ce qui était utilisable et il se chargerait d'emporter le reste à la déchetterie à une heure de route. Ursule ne savait plus comment les remercier.

Pierre-Louis avait chargé quelques éléments dans la voiture de Gabriel et les avait déposés chez lui. Il était revenu chercher le gros des encombrants avec une remorque pour se mettre en route. Gabriel avait la tête dans la tuyauterie depuis le début de la journée. Il n'avait pas besoin d'eux. Une fois la voiture chargée, il conseilla à Ursule d'aller aider Pierre-Louis et de profiter d'une balade dans la région.

Ursule avait pris le volant de la vieille voiture de Gabriel qui remuait dans le petit sentier, comme furieuse de s'être vu prolongée d'une remorque. Ils étaient seuls sur la route et la vue se partageait entre les étendues d'herbes sèches, les arbres toujours plus verts et l'eau tombant de petites chutes de granite. Ursule était enchantée de conduire dans un si joli paysage jusqu'à ce qu'ils rencontrent un camion portant un chargement de bois sur un col un peu plus loin. Après quelques « Je te dis que je passe pas là ! » et autres « On va finir dans le ravin, je vais vraiment mourir ici ! » tempérés par le calme d'un Pierre-Louis tentant de ne pas rire, ils étaient arrivés sans encombre. C'était bien la première fois qu'Ursule mettait les pieds dans une déchetterie. « Les escoubilles », lui avait dit Gabriel, étaient encore mieux que Le Bon Coin. Pierre-Louis lui avait rappelé que la récupération, là-bas, était considérée comme un vol. Gabriel avait ronchonné sur l'absurdité de ce système capitaliste et leur avait tout de même demandé de jeter un coup d'œil du côté des faïences. Il manquait un lavabo à la salle de bains et il assurait y avoir ses entrées. Une fois le tout déchargé, Ursule et Lou s'accordèrent sur le fait qu'ils avaient bien mérité une pause.

À la terrasse d'un PMU aux parasols tropicaux, ils prirent place côte à côte sur la banquette en osier, face au soleil. Il y faisait bon, leurs sodas étaient frais et leurs corps se tenaient près l'un de l'autre, se touchant sans en avoir l'air.

— Qu'est-ce que tu as gardé ?

— Pas grand-chose. Des planches pour te faire des bancs, et une table basse aussi. Je t'apporterai ça au fur et à mesure.

Gabriel et lui parlaient comme si la maison était déjà à elle. « Sa » baignoire serait bientôt prête, il allait « lui » faire des bancs, « sa » menthe était superbe…

— Tu sais, pour nous, ça a longtemps été la maison des Rosenthal. On a toujours connu les gentils vieux un peu seuls, qui partaient à Paris voir leur grand fils deux fois l'an. Un été, la maison s'est vidée. Et puis un jour, tu étais là. Comme une plante un peu curieuse qui aurait poussé entre nos deux maisons, t'invitant jusque dans mon jardin…

Quel être farfelu il faisait, à croire que la ronde de la vie pouvait être si facile. Il caressait le dos de sa main du bout de ses doigts.

— Et peut-être qu'avec nos possessifs, on t'encourage un peu à t'enraciner…

— C'est moche pour quelqu'un qui n'habite même pas ici.

Elle avait dit ça sans réfléchir et ses mots avaient résonné avec beaucoup plus d'amertume qu'elle ne l'aurait voulu. Pierre-Louis s'était raidi, croisant les bras sur sa poitrine.

— Oh, pardon, pardon. Je ne sais même pas ce que je voulais dire par là !

— Urs, tout va bien.

— Non. Je parle sans réfléchir. Évidemment que j'aime cet endroit ! Et être avec Gabriel, avec toi. Je ne peux pas nier que j'aime ce qui se passe entre nous. Mais tu vois bien comment je suis ? Je n'aime pas m'entendre dire que je ne pourrais pas m'enraciner ici parce que tu ne serais pas là.

Elle le voyait bien qu'ils en étaient là, à se porter l'un à l'autre une attention particulière en tricotant leur relation du bout des doigts. Elle se sentait un peu ridicule de cette mince retenue qu'elle leur imposait.

— Je suis un ogre des sentiments. Maud a raison. Tu devrais t'enfuir.

Elle se cala à son tour dans la banquette en osier en croisant les bras.

— Si Gabriel n'avait pas été... Gabriel, avec son franc-parler et sa manière de tout bousculer, je ne serais même pas restée ici plus d'une semaine. Je veux savoir que je peux me construire autrement. J'ai l'impression d'en être incapable...

Il pressa brièvement son épaule contre la sienne.

— Évidemment que tu en es capable.

Le suspens était infernal ! Voilà des heures qu'ils y étaient.

— Et là ? !

— Nan !

Gabriel testait l'électricité des étages.

— T'es certaine ?

— Mais oui ! Je te dis qu'il y a rien. Ça s'allume pas !

Elle l'entendit bougonner en bas. Elle s'assit sur le sol sous l'interrupteur. Gabriel se parlait à lui-même, ça allait prendre un peu de temps. Depuis ce matin, il chantonnait sur le fond de musique qui passait dans la cuisine, parlait à son matériel, à la maison, et elle l'avait même entendu pousser quelques cris d'animaux entre deux insultes à l'électricien présumé qui était passé avant lui. Cléopâtre, la petite chatte tricolore qui avait finalement trouvé son prénom dans une histoire de palais construit en trois mois, vint se lover sur les genoux d'Ursule.

— T'es de bonne humeur, dis-moi !

— Les choses avancent ! L'étage est débarrassé, on en a presque fini avec l'électricité. On va pouvoir attaquer les murs du premier et quand ton bout de tuyau arrive, je te répare la canalisation de la baignoire... Ça te rend pas de bonne humeur, toi ?

— Si, si, évidemment.

Évidemment, elle était très contente et très reconnaissante de ce qu'il faisait. Elle avait annoncé quelques jours auparavant aux Parisiens qu'ils pourraient tous dormir dans la maison en débarquant mi-août. Elle serait assez fonctionnelle et propre pour que chacun y trouve un coin pour s'installer. Tout le monde s'organisait déjà pour emprunter des lits de camp et autres matelas d'appoint. Ursule avait des idées de grandes fêtes dans un jardin décoré de guirlandes multicolores.

— Et là ? Ça s'allume ?

Ursule poussa un cri de joie. Enfin, l'ampoule avait daigné montrer signe de vie. Elle descendit les escaliers, la petite Cléo sur les talons.

— C'est fini pour aujourd'hui, je ne veux pas passer ma fin de journée assise sous un autre interrupteur.

Elle sortit de son frigo une citronnade maison qu'elle avait agrémentée de romarin et de menthe et le chassa dehors. Il ne toucherait pas à un fil de plus aujourd'hui. Tandis qu'elle servait la boisson dans deux grands verres de glaçons, Gabriel s'étonnait de la bonne santé de la maison.

— Les Rosenthal avaient des goûts de chiotte pour la peinture mais l'électricité et la plomberie m'ont l'air d'être faites pour durer des siècles. C'est bon pour notre affaire, ça.

— Gab, ne t'emballe pas trop.

Il avait beau la rassurer à chaque fois qu'elle lui rappelait que rien n'était fait, elle voyait bien que l'idée ne voulait pas quitter sa tête.

— Je sais, je sais. Et je vois bien que ça te met une pression d'enfer mais ne le prends pas comme ça. Je m'apprêtais à passer un été tout mou, à écouter mon vieux pote un peu triste faire de la musique pour accompagner ma dépression et puis là, tu me dis qu'il y a une vieille maison à redresser. Et même si elle devient une maison de vacances, j'en serai déjà très content. Ça fait un bail que j'avais pas fait ça, en fait. Retravailler des espaces, dessiner.

Elle voyait bien que toute cette histoire avait ranimé quelque chose chez lui. Une étincelle arrivée au bon moment. Il le disait lui-même, quatre ans, c'était long pour rebondir… Pourtant, à part lui, il ne mettait personne en danger, à rester caché auprès de ses parents. Certains avaient peut-être tout simplement besoin de plus que d'autres. Plus de rencontres, plus d'encouragements, plus de réflexion ou plus de temps.

Pour le remercier une nouvelle fois de toute l'aide qu'il lui apportait, elle lui proposa de descendre manger au restaurant en soirée. Mais Gabriel avait déjà d'autres plans.

— Non, ce soir je sors.

— Ouuuh, tu visites Pierre-Louis, mon petit ?

— Naaan… la grande ville, très chère.

— Un ami ?

— Presque. Mon match Tinder. Celui avec qui je discute depuis un petit bout de temps. Je lui ai dit que les boîtes étaient pas mon truc, on se rejoint pour un resto. Tu as raison. Je ne peux pas vivre ma vie par procuration… et donner des leçons. Alors… j'essaie un truc.

Une petite étincelle pouvait parfois bousculer tout un monde.

Ursule croqua à pleines dents dans un abricot. Ils étaient parfaits ! Elle regarda dehors et son cœur se gorgea de tout le soleil qui inondait cette belle journée depuis le matin. Il n'y avait pas à dire, depuis qu'elle avait éliminé son problème de moustiques, elle appréciait les silences doucement chahutés par la nature de ses nuits cévenoles. Ce matin, elle s'était sentie en forme comme elle ne l'avait pas été depuis un bout de temps. Elle avait enfilé ses chaussures et était allée courir. Un peu plus tard, elle était descendue faire le marché et avait déjeuné d'une salade de chèvre chaud sur une place ensoleillée avant de remonter pâtisser.

Elle sortit le nécessaire pour préparer sa crème aux œufs. Elle avait pris l'habitude de cuisiner des douceurs pour le week-end. Elle savait que Gabriel et Pierre-Louis montreraient le bout de leur nez à un moment ou à un autre. Et ils ne boudaient jamais leur plaisir quand elle sortait ses dernières réalisations. Cuisiner la mettait de bonne humeur et l'apaisait. Elle ne s'était jamais sentie aussi créative que depuis qu'elle avait repris la pâtisserie. C'est sa grand-mère, qui la gardait à la sortie de l'école et les mercredis, qui lui avait donné cette passion. Moumoune, comme elle tenait à ce qu'Ursule l'appelle, savait tout faire. Ursule se rappelait les tourtes fourrées de noix et de caramel, des fondants aux amandes, des cornes de gazelle et, évidemment, son clafoutis. Malheureusement, elle les avait quittés alors qu'elle n'avait que onze ans, laissant les fins d'après-midi bien tristes, les mercredis sans saveur et une unique petite-fille qui trouvait qu'elle n'avait pas eu assez de temps pour tout apprendre. Oui, cuisiner avait la douceur de ce temps passé auprès de sa grand-mère qui lui manquait tant…

De la vanille ? Non ce n'est pas ce dont elle avait envie pour les petits choux qu'elle préparait. Il lui manquait une saveur à lier à la douceur d'une crème, au croquant de la pâte à choux et à la vivacité sucrée de ces abricots. Elle n'avait pas envie de cannelle, qu'elle trouvait toujours très automnale. De l'anis ? Non… elle le réservait pour les sablés. La cardamome ? Oui ! La cardamome serait très douce et contrebalancerait parfaitement la légère acidité des abricots. Elle sortit le pot de cardamome et jeta un coup d'œil sur son téléphone. Il clignotait comme un beau diable. Dix appels en absence de Lou et un texto.

Lou : Gabriel est à la maison. Sa sortie d'hier s'est mal passée. Les petits chats sont morts. Rejoins-nous.

18

À l'arrivée d'Ursule, les deux hommes étaient dehors sur les chaises de jardin, un café à la main, le regard bas.

— Mon Dieu, Gabriel…

— Si tu finis cette phrase par « Ton visage », j'te jure que je me mets à chialer.

Une arcade ouverte, une lèvre tuméfiée, un œil qui bientôt virerait au noir. Il déploya son grand corps avec douleur. Elle ne put s'empêcher de l'attirer dans ses bras.

— Pas si fort mademoiselle, je crois que j'ai une côte ou deux qui ont pris cher…

Gabriel n'avait pas voulu aller à l'hôpital, ni voir la police.

— On s'est embrassés, il est parti et je suis retourné à ma voiture. J'avais pas vu. Ils étaient deux et j'étais pas vraiment le plus épais. Un couple est passé par là, ils se sont mis à hurler après les deux mecs qui sont partis. Je sais pas jusqu'où ils seraient allés mais ces deux personnes m'ont sauvé d'une bonne grosse raclée, si ce n'est pire. J'ai pas fait attention, j'aurais dû.

— Mais tu devrais pas avoir à faire attention quand t'embrasses quelqu'un !

Gabriel haussa les épaules en un geste démuni. Il fumait cigarette sur cigarette le regard un peu vague. Ursule poursuivit.

— Et les petits chats ?

— Ah, les petits chats… Mon père a trouvé que cela faisait trop longtemps que « ça » traînait dans la remise alors il s'en est « occupé ».

— Tous ?

— Tous… j'ai retrouvé la pauvre Coco toute seule dans son nid à lécher la paille. Même Elvis y est passé…

— Oh, Gabriel.

Quand Gabriel était rentré, ébranlé par son agression, il était allé chercher du réconfort dans la grange. Seule Coco était là, couchée sur sa couverture. Gabriel avait fouillé le moindre recoin à la recherche des chatons qui cavalaient un peu partout maintenant. Rien… Il était allé trouver son père encore debout, ou plutôt assis devant la télé, qui lui avait annoncé sans détourner les yeux de l'appareil allumé qu'il les avait achevés. Il en avait eu marre de les voir souiller la grange et qu'aucun ne parte. Son fils était trop faible pour prendre de bonnes décisions. S'était ensuivie une violente dispute sur le mode de vie de Gabriel qui l'amenait, d'après son père, à se faire tabasser dans la rue. Gabriel avait haussé le ton, son père s'était levé pour lui faire face. Aucun des deux n'avait frappé. En état de choc, Gabriel avait quitté la maison pour se réfugier chez Pierre-Louis. Il n'avait pas voulu le réveiller alors l'autre l'avait trouvé là, au petit matin, sur la chaise à bascule, sous un plaid délaissé.

— Le père a jamais été très fin. Mais depuis la retraite, l'alcool a pris le dessus… Mes frères et sœurs ne lui parlent plus trop… Moi, je suis le petit dernier, le tardif… et puis il y a ma mère. Il ne lui tape pas dessus… c'est déjà ça.

Ursule ne connaissait pas ça… La violence d'une famille. Ses parents avaient désiré n'avoir qu'un enfant dont ils s'étaient occupés jusqu'à ce qu'elle décide elle-même de quitter le nid. Cela lui avait paru normal de leur imposer sa présence jusqu'à ce qu'elle puisse acheter son appartement. Elle mangeait dans leur frigo, leur laissait sa lessive, sortait comme bon lui semblait. Certes, elle n'avait pas été une enfant ni une adolescente difficile. Elle rangeait sa chambre, était bonne élève et travaillait pour gagner son argent de poche. Mais sa famille ne lui avait jamais fait ressentir qu'elle pouvait être un poids… Famille qu'elle avait peut-être même délaissée à force de vouloir gagner son autonomie.

Gabriel n'était pas du genre à se laisser abattre.

— Ne restons pas là à broyer du noir. J'aimerais qu'on fasse quelque chose d'un peu sympa.

Pierre-Louis avait posé ses mains sur ses épaules.

— Oui, alors on va pas te traîner sur une randonnée mon grand. Il te faut du repos.

— Je suis pas obligé de me reposer ici et j'ai besoin de délasser mes vieux os malmenés.

— Tu penses à quoi ?

— On est mi-juillet et Ursule n'a toujours pas mis les pieds à la rivière. Un bain, ça me ferait du bien.

Ursule était très enjouée à l'idée de se baigner. L'eau claire, les arbres, les galets. À Paris, elle se promettait toujours d'aller à la piscine. Mais Éric préférait courir, trouvant les piscines et l'eau chlorée bien trop nourries de maladies. L'idée de pouvoir nager dans une eau claire lui était délicieuse et Pierre-Louis ne fut pas long à convaincre. Une fois les histoires de tenue de bain réglées, ils s'entassèrent dans la petite décapotable anglaise pour rejoindre la vallée suivante. Les deux amis connaissaient une plage de galets au bord d'un brin de rivière où aller se poser.

L'eau était fraîche et le soleil haut. C'était agréable de se laisser aller dans les rapides, de discuter les fesses dans l'eau ou de profiter du beau temps en lézardant.

Gabriel et Ursule fabriquaient des sculptures de galets tandis que Lou prenait le soleil sur un rocher en face d'eux. Il était couché sur le ventre, la tête entre les bras. Ursule laissa son regard vagabonder le long du creux de son dos jusqu'à ses fesses rebondies. Elle admira ses longues jambes dont les boucles blondes des poils reflétaient le soleil… elle avait quelque chose avec les jambes longues et les hommes grands. Jiji, Éric… Pierre-Louis… Si c'était bien la seule chose qu'ils avaient en commun, c'est qu'ils étaient de belle taille.

— Urs ! T'es pas concentrée, tu vas tout me faire tomber.

— T'es pire qu'un gosse, hein, je vais finir par te laisser tout seul le faire, ton pâté.

— C'est pas un pâté, c'est une sculpture. Et je comprendrais que tu préfères les rochers à mes pierres… Ce que je ne comprends pas trop, c'est toi, Urs.

Elle lui jeta un regard désespéré.

— Je sais. Je me comprends pas trop non plus.

— Il est là… t'es là… vous êtes fatigants, hein. Tout pourrait être simple. Et en plus, personne vous tomberait dessus, à vous. Quoique t'aurais peut-être une chance de te faire mettre la tête au carré par des fans… C'est ça qui te bloque ? Parce que je peux t'apprendre à te battre ?

— À me battre ? Sérieux ?

— Je t'ai dit qu'ils étaient deux ? Mais je peux aussi t'apprendre à bien te rouler en boule.

— Ça te fait du bien, l'eau ?

— En vrai ? Ça fait un mal de chien mais l'eau froide anesthésie un peu. Et c'était ça ou boire beaucoup.

Avec des gestes lents, Gabriel montait les pierres les unes par-dessus les autres. Les soupesant, testant leur masse et leur point d'équilibre.

— Tu me raconteras jamais votre rendez-vous, hein ?

— Il l'a fait, lui ?

— Han, la question garce. Alors pour te prouver que tu aurais raison de te confier à moi, je ne vais absolument pas te dire ce que lui a pu me dire. Ou ne pas me dire. Je suis une tombe.

— Donc il t'en a parlé.

— Ou pas.

Ursule jeta un coup d'œil à Pierre-Louis sur son rocher puis elle se mit à raconter. La chemise et les cheveux disciplinés. La jolie robe et le pot de compote. Les légumes trop cuits et le pain au levain. La vaisselle et le syndrome Jamie Fraser. Les confessions au goût de muscat et le retour sous la lune.

— Il ne m'avait rien dit de tout ça. Juste que c'était une bonne soirée et qu'il avait envie de passer du temps avec toi…

— Et je ne comprends pas du tout pourquoi !! Pourquoi passer du temps avec quelqu'un d'aussi cassé que moi ? Je n'apporte rien aux gens qui m'entourent. J'ai l'impression de ne faire que prendre.

— Pourtant, ce matin, quand il t'a dit que j'étais chez lui, tu as lâché ce que tu faisais et tu es venue t'occuper de moi. Et là, ça fait vingt minutes que tu grelottes le cul dans l'eau pour pas me laisser tout seul.

Ursule posa la tête contre son épaule tandis que sur son rocher, Pierre-Louis s'étirait avant de les rejoindre.

Ils avaient dîné d'une grosse salade de tomates ensoleillées et de pain trempé dans la sauce de vinaigre et de moutarde. Tous commençaient à fatiguer de cette étrange journée mais c'est Gabriel qui, le premier, annonça qu'il allait se coucher, éreinté de sa nuit difficile. Il remercia Pierre-Louis pour la chambre qu'il lui prêtait et ses deux amis le serrèrent à tour de rôle dans leurs bras en veillant à ne pas trop le presser. Ursule aurait bien poursuivi la soirée mais elle se sentait également vidée. Et, maintenant que Gabriel et son sourire abîmé avaient disparu, profondément triste.

Comment un simple baiser, échangé dans l'ombre d'un coin de rue, entre deux personnes se désirant, pouvait déchaîner autant de haine ? Elle se sentait révoltée ! Prête à hisser des drapeaux et à partir en guerre. Elle savait qu'elle se sentait particulièrement touchée parce que c'était son ami. Lui qui semblait tellement en avoir vu et entendu qu'il disait ne pas voir fait attention. On ne devrait pas avoir à faire attention. On devrait pouvoir se livrer, donner et recevoir, sans avoir à vérifier une quelconque notion de norme. Ne pas avoir à compter, donner de chiffres, ni de genre à ses émotions…

Lou avait proposé de la raccompagner. Ils marchaient en silence l'un à côté de l'autre, songeurs… Le bout du jardin arriva trop vite. Ils n'avaient pas fini de ne pas vouloir être seuls. Pierre-Louis descendit un premier palier puis un second.

— Nous y voilà.

— Eh oui… Nous y voilà.

Ils étaient arrivés à la porte de la cuisine. Elle se colla contre lui, un frisson la parcourut.

— Tu as l'air bouleversée. Ça va aller ?

— Je le suis. Je le suis sincèrement. Je le sais pourtant. Je le sais, que mes potes s'en prennent plein la tête parce que leur fille a deux mamans qui n'ont pas la bonne couleur. Je le sais que Paul et Joël se sentent plus forts parce qu'ils sont deux, mais qu'ils ne se tiennent pas la main quand ils vont acheter du pain. Je te parle même pas de Nathalie et des dragueurs chelous qui ont un fantasme malsain sur les femmes noires, ni de ceux qui lui demandent pourquoi elle ne se coiffe pas. Pourquoi elle ne coiffe pas ses cheveux parce qu'elle a décidé de ne plus les lisser ou les tresser ! Je trouve ça tellement dur, et injuste. Mais ne pas le vivre fait que ça ne rentre pas. Je tombe de haut à chaque attaque, à chacun de leurs tourments. On en est encore à ne pas accepter des gens parce qu'ils sont ce qu'ils sont. J'ai peur tout le temps. Pour eux. Mais aussi parce que j'ai peur de ne pas tout comprendre, de mal m'exprimer, de passer à côté des vrais problèmes.

— Je comprends. C'est dur d'accepter qu'on ne peut pas partager le problème et la peine qu'il entraîne sans avoir l'air de vouloir accaparer quelque chose. Ça n'empêche pas d'être présent. Et être maladroit n'empêche pas d'être sincère. Enfin, j'espère…

Elle retint sa main.

— Je n'ai… pas très envie que tu partes.

Elle vit passer sur son visage une agréable surprise. Il se rapprocha un peu d'elle.

— Je ne veux pas mettre en péril tout ton plan. Il n'y avait rien de malicieux à te raccompagner, tu le sais ?

Ursule rit.

— Mais tu es entré dans mon jardin. Je trouve ça malin comme plan !

— Premièrement, c'est toi qui as commencé et tu n'as pas le monopole de la visite de jardin… mais si je devais choisir quoi cueillir ici, je ne voudrais que toi.

Il porta sa main à ses lèvres.

— Tu trouves ça ringard, les jolis mots, hein…

— … et les baisemains aussi.

— Je peux partir.

— Ne pars pas.

Ursule poussa la porte dans son dos et attira Lou à l'intérieur. *Le désir devrait se vivre libre*, se dit-elle.

Dans l'ombre de la cuisine plongée dans la nuit, il l'avait embrassée doucement. Elle avait continué à l'emmener plus loin dans la maison pour y trouver la chambre. Elle l'avait déshabillé comme un bien précieux longtemps convoité. Redécouvrant le moindre grain de beauté, les toiles de taches de son sur ses épaules qui, sous sa langue, prenaient toute leur saveur. Elle découvrait la chaleur de ses mains sur sa peau nue et les creux de son bassin. La douceur de son cou, là, sous le bout de ses cheveux, où naissait cette fabuleuse odeur de cannelle et de miel… Ils avaient été doux et patients comme pour oublier dans ces heures, dont ils exploraient chaque minute, l'incompréhension de la violence et de la haine.

19

Sur son visage, Ursule dessinait du bout des doigts ses cicatrices. Elle embrassa un point enfoncé en étoile sur son épaule.

— C'est un ours qui m'a attaqué.

Un sourire moqueur frisa au bord de ses lèvres. Foutu Gabriel.

— Je connais un garçon qui parle trop.

— C'est mon meilleur ami, il me dit tout.

Il se tourna vers elle pour la serrer contre sa poitrine. Il embrassa son front. *Dieu comme sa bouche est douce et comme son corps est grand*, pensa Ursule.

— Il raconte ça à tout le monde depuis que nous sommes petits. Après l'accident, quand les autres enfants se moquaient de moi, il leur disait que je m'étais battu contre un ours. Et si l'autre disait que c'était faux, il lui demandait s'il avait vu un ours dans le coin. Évidemment, l'autre gamin n'en avait pas vu alors Gabriel lui hurlait : « C'est grâce à Pilou ça ! Il leur a fait peur à tous ! »

— Il est donc cinglé depuis qu'il est tout petit, en fait.

— Maintenant que tu le dis… j'ai toujours pensé que je n'avais que lui comme ami parce que les gens se méfiaient de ma mère mais c'était peut-être juste Gabriel.

Ursule n'avait aucun mal à imaginer le garçonnet timoré qu'avait pu être Pierre-Louis, et un turbulent petit Gabriel prenant la défense de son ami.

— Tu sais d'où vient ton prénom ?

— Ursule ? Du mot… ours.

Il haussa les sourcils comme si elle devait en déduire quelque chose.

— Oooh, un ours.

— Oui, un ours. Me laisse juste pas d'autres cicatrices…

C'est moi qui commence à être bien mordue, se dit Ursule.

Pierre-Louis avait fini par s'endormir entre ses draps, elle n'avait pas eu le cœur de le réveiller. Ce soir, elle le gardait ici. Elle posa une main sur son bras et ferma les yeux à son tour. Dehors, tout semblait plus calme. Ou alors c'était à l'intérieur d'elle.

Elle ouvrit les yeux la première et s'échappa, avant qu'il ne bouge, pour aller se rafraîchir. Un brossage de dents vite expédié et un détour par un miroir pour discipliner ses boucles à la va-vite. Le naturel, c'était bien, le naturel retravaillé lui allait mieux. Les petits matins étaient toujours étranges. Un moment hors du temps, toujours trop long ou trop court, emmêlé de non-dits et de mouvements empruntés. Elle se glissa dans les draps en essayant de ne pas le toucher mais il se retourna vivement pour l'attraper tandis qu'elle poussait un cri.

— Tu croyais pouvoir aller te laver les dents à deux mètres de moi et que je ne m'aperçoive de rien ! Tricheuse !

Il fit mine de la maîtriser tout en basculant sur le dos pour la laisser le chevaucher.

— Tu as gagné ! Tu as gagné ! se défendit-il à peine en lui lâchant les poignets.

Ursule se pencha vers lui pour lui voler un baiser mais il mit sa main devant sa bouche.

— Je ne me suis pas lavé les dents, moi ! Tu es certaine de vouloir m'embrasser ?

Elle lui répondit par un coup de coussin et en profita pour jeter un coup d'œil sur son téléphone. Pierre-Louis s'assit et embrassa ses seins, son cou, et remonta le long de sa joue, ignorant l'appareil. Elle s'inquiéta :

— Il est 8 heures. Tu penses que Gabriel est debout ?

— Je pense qu'on a le temps pour ce à quoi je pense avant de le rejoindre.

Elle ne parut pas convaincue alors il ajouta :

— Ou alors nous avons le temps que je m'habille et que je file en courant avant qu'il ne se lève.

Elle pesa le pour et le contre. Assise sur lui ainsi, elle pouvait mettre ses yeux dans les siens. C'est ce qu'il faisait. Sans pencher la tête, sans douter, caressant lentement son flanc en attendant sa décision. Elle lui sourit.

— Je pense que nous avons encore un peu de temps devant nous.

Maud : Pas de nouvelle bonne nouvelle ? Sympa, tes photos de bouffe. T'as le tourisme casanier, non ?

Pierre-Louis avançait sur le chemin de terre en silence. Le regard froid. *Il regrette*, se dit Ursule. Ou alors, la nuit avait été mauvaise ? Le matin n'aurait pas été si doux si la nuit avait été mauvaise. Elle tenta de se rappeler à l'ordre. Elle avait passé une bonne nuit, la vie continuait. *Cesse !* lui dit la petite voix dans sa tête.

— J'ai bien réfléchi..., commença Pierre-Louis.

Ursule avait l'habitude. Il allait lui dire que ce n'était pas elle, c'était lui. Après tout, avec sa situation, elle pouvait comprendre. Il continua :

— Il faut qu'on décide Gabriel à porter plainte.

Putain... *Tout ne tourne pas toujours autour de ta gueule*, se réprimanda-t-elle. Pierre-Louis avait raison. Elle n'avait pas voulu insister parce que Gabriel avait balayé cette idée d'un geste de la main mais il allait falloir le convaincre. Pierre-Louis se rapprocha d'elle pour passer son bras autour de ses épaules.

En se levant, Gabriel les avait trouvés tous les deux à la table du petit déjeuner. Ils n'eurent même pas à le convaincre puisque c'est lui qui aborda le sujet en premier. Ça n'allait pas être une partie de plaisir, mais c'était important de rapporter son agression. Le couple qui lui avait évité le pire lui avait laissé un numéro de téléphone. C'était une chance qu'ils veuillent bien se porter témoins. Il demanda à ses deux amis de l'accompagner. Ils petit-déjeunèrent en silence. Si le choc premier était passé, Gabriel souffrait toujours beaucoup.

Ils étaient descendus dans la ville la plus proche où Gabriel avait été reçu par son médecin de famille puis ils étaient allés au commissariat dans la commune attenante. À la sortie de cette dure épreuve, il avait retrouvé ses amis à la terrasse d'un bar bondé. Il était venu se coller contre Pierre-Louis qui lui avait amicalement tapoté la joue, sa tête contre la sienne.

— C'était la bonne chose à faire Gab. Ça va aller ?

— Ça s'est pas trop mal passé. Eh, au moins, il m'a pas demandé si je portais une minijupe ! Ils ont pris ma déposition avec la description des deux gars. Et le fait qu'il y ait eu des témoins aide beaucoup. Mais ils ont peu de chance de retrouver qui que ce soit.

Un agent avait tenu à le raccompagner jusqu'à la sortie. Sur le chemin, il lui avait confié avoir eu plusieurs plaintes « de ce genre » ces dernières semaines et l'avait remercié d'être venu. Une tape convenue sur le bras et un sourire triste qui en disait long avaient fini de convaincre Gabriel qu'il avait fait le bon choix. Aucun d'entre eux n'avait vraiment faim, alors ils commandèrent une planche de fromages et une assiette de frites qu'ils partagèrent. Le médecin avait conseillé à Gabriel de se tenir tranquille quelques jours. Il s'en sortait avec trois côtes fêlées et des hématomes sans gravité. Il gardait à l'idée qu'il avait évité le pire. Une bien pénible situation, le plaignaient les deux autres, pour lui qui avait le rire facile.

— J'aurais presque préféré une jambe cassée ! Ça va vachement nous ralentir pour la maison, Ursule. Moi qui voulais au moins faire l'isolation d'une chambre pour montrer à Maud et Éliane ce que ça pouvait donner…

— Cela n'a aucune importance. Nous avons déblayé et lavé les chambres, c'est déjà beaucoup. Au moins, personne n'aura à dormir dans le jardin.

— Et puis Ursule et moi pouvons poursuivre le travail que tu as commencé sur le mur, proposa Pierre-Louis.

Gabriel s'arrêta pour les regarder, une frite dans la main. Il plissa les yeux.

— T'étais bien matinale Ursule, ce matin. T'es arrivée à la maison à quelle heure ?

Ils n'en avaient pas parlé. Ils ne s'étaient pas mis d'accord. Elle n'était pas prête… Et puis ce n'était qu'une nuit. Que dire ? Et Gabriel… Non, elle ne voulait pas… Pierre-Louis vint à son secours.

— Tu rigoles ? C'est moi qui étais levé à l'aube, à te surveiller en me disant que si tu avais quelque chose de percé avec tes côtes en désordre, tu n'allais jamais te réveiller. Urs est arrivée vingt minutes avant que tu ne te lèves. Elle m'a appelé ce matin, elle s'inquiétait de toi. Je lui ai demandé de venir m'épauler pour te convaincre de voir un médecin.

Gabriel sembla se satisfaire de cette explication. Il faisait le dur à cuire, leur parlant de tourner la page, mais Ursule voyait bien que ce n'était pas vrai. Comment pouvait-il en être autrement ? Et puis dans le cas contraire, il ne les aurait pas lâchés ! Pour le moment, il se replongeait dans les histoires de la maison. Il allait falloir que Pierre-Louis vienne changer le tuyau de la baignoire, il se chargerait de vérifier que le restant était OK. Elle allait pouvoir le prendre, ce bain. C'était dommage pour la petite chambre qu'il aurait voulu présenter proprette à Éliane, mais c'est vrai que ce n'était pas le plus important. Tandis qu'il continuait de monologuer sur le sujet, Pierre-Louis pressa la cuisse d'Ursule sous la table en un geste rassurant.

20

Gabriel était interdit de travaux. Ses côtes étaient toujours douloureuses et les bleus apparus un peu partout sur son corps meurtri commençaient tout juste à le laisser en paix. Assis sur une chaise un livre à la main, il relisait la même phrase pour la quatrième fois en observant les deux autres du coin de l'œil.

— Ursule, si tu grattes pas plus loin, ça servira pas à grand-chose d'y coller de l'enduit. Tu vas te retrouver avec des fissures partout.

Ils avaient réussi à dégager la pierre des murs de la petite chambre, découvrant des jointures remplies de vieux journaux et de paille. Il fallait maintenant creuser tout ça, nettoyer la pierre et refaire proprement les joints. Pierre-Louis et Ursule s'activaient en fredonnant les airs qui passaient sur une petite enceinte. Un vieux morceau de Dylan avait eu un franc succès, tout comme une reprise électro d'un Britney Spears par une chanteuse française.

— Bonne playlist, lui dit Pierre-Louis.

— Merci ! Je suis flattée.

— Ça suffit, les oiseaux de paradis, là ! Vous croyez que je vous vois pas vous chercher du coin de l'œil ? On creuse !

Ursule jeta un bout de journal à Gabriel.

— Si tu continues à jouer les petits chefs, je t'envoie réfléchir au jardin !

Il se pencha douloureusement pour ramasser le papier défraîchi et le lui renvoya.

— Bah justement, je me disais que j'allais peut-être descendre prendre un peu le soleil si ça vous embêtait pas trop.

Pierre-Louis se leva pour lui proposer de porter sa chaise dans les escaliers mais Gabriel refusa. Il n'était pas si mal en point que ça. Il avait pu monter, il pourrait descendre.

— Je vous préviens, quand je remonte, ça va barder si vous en avez pas foutu une !

Ils l'entendirent se traîner doucement dans les escaliers tandis qu'ils se remettaient à gratter le bas d'un même mur, chacun dans son coin. Gabriel ne se laissait pas abattre. Il blaguait, ne se plaignait pas, mais ses copains voyaient bien qu'il faisait des efforts pour ne pas se laisser couler.

— Il est retourné chez ses parents ? demanda Ursule.

— Non… Sa mère est passée. C'est une femme un peu sèche, mais pas méchante. Elle lui a apporté des vêtements et une salade de riz.

— Ah… c'est gentil.

— Avec des lardons.

— Ah… c'est… maladroit…

— Oui. Je pense qu'on va être colloc quelque temps.

Lou avait proposé plusieurs fois, ces dernières années, à Gabriel de venir vivre chez lui et même de le payer pour qu'il garde la maison, mais ce dernier avait toujours refusé. Il voulait s'occuper de ses parents vieillissants. Être seul l'aurait mis face à lui-même peut-être…

— On n'est pas tous prêts à vivre trois mois seul avec soi-même. C'est… assez courageux, je trouve.

— Ou très capricieux…

Il lui sourit et se remit à la tâche. Sur la petite enceinte, une autre chanson débuta avec quelques notes de violon. Le cœur d'Ursule bondit et avant qu'elle ne s'en rende compte, elle rampait vers l'appareil dans l'espoir que Pierre-Louis aurait suffisamment la tête ailleurs pour ne pas s'entendre lui-même sortir du téléphone. Mais c'était trop tard.

— Eh, mais c'est moi ! Je suis dans ta playlist !

— Pas du tout ! Quel narcissisme ! T'as pas d'oreille pour un musicien.

Il l'empêcha d'atteindre l'installation.

— Mais si, c'est moi ! En fait, t'es une grosse fan et tu m'as menti !

Maudite Éliane qui avait ajouté des morceaux plein son application. Couché sur le dos, Lou avait attrapé le téléphone pour le mettre hors d'atteinte.

— T'as pas honte de me poursuivre jusque dans les montagnes ? Je vais demander une ordonnance restrictive si tu continues à venir rôder dans mon jardin !

L'écrasant de tout son poids, elle tendit la main sans parvenir à son but.

— Commence par arrêter de venir dans mon grenier.

— Je suis pris au piège, c'est le syndrome de Stockholm.

Ils se cherchèrent un temps du bout des lèvres avant de s'embrasser. Sur l'enceinte, une seconde chanson commença. Pierre-Louis se recula pour regarder le téléphone.

— Mais t'as combien de chansons à moi là-dedans ? Je change ! Je ne m'aime pas assez pour t'embrasser sur mes propres chansons.

La légèreté, le second degré, l'autodérision. Tout cela faisait du bien. Une pause, une vraie pause, ressemblait peut-être à ça. Ursule s'allongea à côté de Pierre-Louis, la tête sur sa poitrine. Il referma un bras sur elle. Le soleil passait par la fenêtre, réchauffant d'un rectangle doré l'endroit où ils s'étaient installés. Ursule ferma les yeux.

— Tu sais… me cacher de Gabriel n'est pas trop dans mes habitudes…

— Oh je ne veux pas que tu lui mentes… enfin, pas plus que tu ne l'as fait ! Et je suis encore désolée que tu te sois senti obligé de le faire à la sortie du commissariat…

— J'ai cru que tu allais nous faire une attaque…

— Ça n'était qu'une nuit…

— … et d'autres ont suivi.

Presque toutes les nuits passées, en vérité. Oui, quinze jours de grands yeux bleus et de ses sourires en forme de cœur. Deux semaines de souffles dans le cou et de caresses qui vibrent jusque dans le creux du bide… de rencontres en douce une fois la nuit tombée. Gabriel était épuisé et ne tardait pas à se coucher le soir venu.

Sans compter les somnifères et les cachets qu'il prenait pour ne pas sentir ses côtes douloureuses. Pierre-Louis en profitait pour s'éclipser et rejoindre Ursule, repartant au petit matin, le gros Freddy sur les talons. Ils avaient passé leur temps entre les travaux, la rivière et de longues balades où les deux amis faisaient découvrir à Ursule les joies d'avoir grandi ici. Ils aimaient leur pays, leur forêt, leur coin de montagne. Et Ursule gardait au fond du ventre l'idée que le microcosme qu'ils avaient créé ces derniers temps commençait à leur jouer des tours.

— Réexplique-moi ton truc du syndrome Jamie Fraser ?

Elle lui avait pourtant déjà expliqué ce qu'elle appelait le syndrome Jamie Fraser : dans les romans de l'autrice américaine Diana Gabaldon *Le Chardon et le Tartan*, adaptés en série télévisée sous le nom *Outlander*, une infirmière anglaise remonte le temps et se retrouve en Écosse deux cents ans plus tôt. Du tas de guerriers mal embouchés auxquels elle est confrontée se détache le beau et jeune Jamie. Évidemment, ces deux-là vivent une longue et tumultueuse histoire d'amour alors même que Claire est mariée à un autre dans son époque.

— C'est ça, le syndrome Jamie Fraser : tomber dans le trou du cul du monde en te disant que tu as autre chose à faire mais rencontrer un beau rouquin avec qui tu auras forcément une histoire. C'est écrit ! Tu peux faire tout ce que tu veux pour ne pas y céder, c'est la fatalité.

— Je suis pas certain de croire à la fatalité. Et c'est à la fois très flatteur que tu me compares au grand roux de la série…

— C’est pas ce que j’ai dit…

— … et un peu vexant que tu sous-entendes que, quoi qu’il se passe entre nous, ce soit arrivé parce que j’étais le seul mec propre du coin.

Si convenable, Pierre-Louis qui disait « propre » à la place de « baisable ».

— J’ai pas dit ça non plus.

Peut-être qu’elle le pensait tout de même un peu. Oh, il n’était certainement pas le seul type intéressant du coin, mais ils n’étaient pas nombreux à habiter ce côté-là de la montagne. Et puis, ça avait directement collé entre eux.

— Directement ? J’ai eu l’impression de ramer des jours avant que tu acceptes de me parler en faisant des phrases complètes.

Elle s’assit en tailleur à côté de lui.

— Tu cherches la bagarre. Claire et Jamie, Bébé et Johnny, Ygritte et Jon ! Je peux te citer mille autres cas où ça commence par des grognements et des éclairs. Que tu le veuilles ou non, nous sommes les purs produits de la pop culture. Et si Gabriel n’avait pas été gay, ou si tu avais été bisexuel, on aurait juste changé de syndrome. Hop ! Triangle amoureux, syndrome Twilight : Dawson-Pacey-Joey, Buffy-Angel-Spike, Bridget-Daniel-Marc. Tu es anglais, tu sais de quoi je parle.

Lou s’était rapproché d’elle et avait commencé par embrasser son cou avant de descendre le long de son décolleté. Il releva la tête quand elle eut fini.

— En parlant d’éclair, ça t’es pas venu à l’idée que ça pouvait être juste un coup de foudre ?

Foutu romantique. Il la laissait sans nom à lui balancer au visage. Ils entendirent remuer en bas. Gabriel.

— Urs ! Ton ordinateur est tout noir avec plein de trucs dessus !

— N'y touche pas ! J'arrive !

Elle embrassa Pierre-Louis avant de se relever. Il se laissa tomber en arrière et la regarda descendre.

— Tu ne perds rien pour attendre !

En bas, Gabriel était attablé à la cuisine face à son écran affichant un terminal. Sur son épaule, Cléopâtre avait entrepris de lui mâchouiller les cheveux. Ursule descendit la petite chatte sur les genoux de son ami.

— Ne lui donne pas de sales habitudes, à Montreuil, elle grimpera partout si on la laisse faire.

Il frotta vigoureusement la tête de la boule de poils en lui disant quelques gentillesses à base de « jolie minette ». Ursule le savait : sa portée de chatons lui manquait. Il désigna son terminal.

— Tu attaques le Pentagone ?

— Nan. Un truc pour moi. C'est pas fini. Tu devais pas lire au jardin, toi ?

— L'appel de Netflix.

Voilà plusieurs jours qu'elle avait rouvert son ordinateur et recommencé à programmer. Rien d'important. Une petite application qu'elle avait en tête.

— Bah, montre !

— Nan, quand elle sera plus avancée. Je suis pas encore certaine de mon truc.

— Je monte voir ce que vous avez fait ou c'est pas la peine ?

Elle réfléchit un instant.

— Donne-nous encore une petite heure.

Il reporta son attention sur l'écran.

— Le jour où vous allez enfin vous pécho tous les deux, le toit va trembler.

De surprise, elle claqua la carafe d'eau contre la porte en la sortant du frigo. Elle se laissa le temps d'attraper des verres pour reprendre un peu contenance. Gabriel était du genre à prêcher innocemment le faux pour savoir le vrai. L'ignorer était la meilleure des parades. Elle lui servit un verre d'eau fraîche.

— Et… ton match Tinder ?

— Laurent.

— Laurent. Tu l'as recontacté ? Tu lui as dit ?

— Ouais… on s'est échangé des messages le soir même, en fait. Il veut venir me voir.

— C'est super ça !

— J'ai dit non. Pas tant que ça – Gabriel désigna son visage d'un cercle de l'index – n'est pas remis en ordre. J'ai la chance d'avoir mis mes bras devant mon visage avant qu'ils m'aient pété des dents mais c'est quand même pas glorieux.

Elle s'assit à la table avec lui, attendant qu'il se livre.

— Me regarde pas comme ça, c'est pas la première fois que je me prends une rouste. Une fois que j'en aurai plus les marques sur la gueule, ce sera vite oublié.

— Ça te donne un p'tit côté badass… t'es peut-être mieux comme ça, en fait.

— Quelle méchante…

Il fit tinter son verre contre le sien.

— À l'humour. Que, contrairement à mes côtes, on ne peut pas briser de quelques coups de pied.

— Tu es pas toujours obligé d'être le rigolo, tu sais.

— C'est ce que me dit mon psy.

— Tu vois un psy ? Toi ?

— Bah ouais, je vois un psy, moi. Depuis même assez longtemps. Je suis le petit dernier d'une famille de six enfants. Le tardif, celui qu'on n'attendait pas. Je suis gay et j'ai une passion pour la peinture. Tu crois pas que je me serais coupé une oreille et que j'aurais tiré au fusil sur Pierre-Louis si j'étais pas suivi ?

— Je crois pas que Van Gogh était gay…

— Et bah figure-toi qu'on n'en est pas certains… et c'était pas la meilleure époque pour entamer une thérapie à dix-neuf ans et découvrir que tu n'étais ni déviant ni pervers.

Gabriel restait un battant. Et il avait l'air de l'être depuis bien longtemps maintenant. Sur le pas de la porte, allongé sur le dos dans un rayon de soleil, Freddy poussa un profond soupir.

Ursule pianotait furieusement sur son ordinateur. Elle en était certaine : ça fonctionnait ! Elle y avait passé ses dernières soirées. Évidemment, sa petite entreprise ne prendrait de l'ampleur qu'une fois qu'elle pourrait la tester en ligne, mais cela attendrait son retour sur Paris. Il y avait encore plein de paramètres à prendre en compte et d'ajustements à réaliser. Les applications de téléphone n'étaient pas sa spécialité. Elle découvrait encore les technologies désormais utilisées et était surprise de voir ce qu'elle pouvait en faire. Mais pour l'heure… elle en était persuadée : ce qu'elle avait fait devait fonctionner. Et ça ne fonctionnait pas. Ursule se dit qu'il était grand temps de sortir faire un tour avant de s'en prendre à son ordinateur. Sur son téléphone, un message de Maud.

Maud : Tu as eu Jiji ?

Ursule n'avait pas eu de nouvelles depuis une paire de textos échangée avant qu'il ne commence à Avignon. Si Maud lui posait la question, c'est qu'il se passait quelque chose.

Maud : Ça va mal avec Nadjia. Prends des news.

Ursule : Coucou mon Jiji, ça va comment ? On se voit toujours dans deux semaines ?

Son téléphone sonna aussitôt. Sur l'écran, la photo qu'elle avait prise de son ami dans la lumière du mois d'avril.

— Sussu ? C'est moi.

— T'as une petite voix mon cœur. T'es où ?

— Ouais… je suis à Paris, là. Chez mon frère. Nadjia m'a quitté.

Maud avait raison, cela allait très mal. Ursule prit un instant pour accueillir la nouvelle.

— Je suis désolée. C'est… inattendu.

— Ouais, ouais… Je vais pas rester au téléphone mais je voulais te le dire moi-même.

— Tu viens toujours me voir ? Je pourrais comprendre que tu aies pas envie de te farcir toute la smala mais ça me ferait plaisir que tu sois là.

Il rit faiblement.

— Je serai là. J'ai hâte. On en parle à ce moment-là ? J'aurai un peu digéré. Je t'embrasse fort. Tu me manques.

— Moi aussi. Vous me manquez tous beaucoup. J'ai hâte que vous arriviez.

Elle raccrocha, un goût amer dans la gorge. Mince alors, c'était dingue ça. Elle n'aurait jamais pensé que tout pouvait se finir aussi vite entre eux. Comment Nadjia avait-elle pu décider de partir du jour au lendemain, le quitter lui, qui était si doux et si gentil ? Une perle. Sur son téléphone, un dernier message de Maud :

Maud : La loi des séries :'(

21

La veille, Gabriel avait donné son feu vert : elle pouvait remplir la baignoire ! Le jour s'était levé sur une matinée grise et orageuse qui s'était poursuivie par une après-midi pluvieuse. Le ciel se lamentait de la chaleur pesante en de grosses gouttes qui tombaient mollement et détrempaient le jardin. Ursule et Pierre-Louis s'étaient déshabillés et avaient accordé leurs deux grands corps, tête-bêche, dans la profonde baignoire. Les yeux fermés, ils écoutaient le son de la pluie par la fenêtre ouverte, mêlé à un live de Toto. Ursule soupira d'aise. Pierre-Louis entreprit de lui masser les jambes qu'il avait posées sur une de ses épaules.

— Tu vas mieux, toi.

Comment aurait-il pu en être autrement ? Voilà deux mois qu'elle était là, à dorer au soleil, à se baigner dans la rivière, à respirer la campagne, à croquer tout ce qui pouvait être croqué…

— Oh, ce n'était pas une question.

Il était agaçant de douceur… Oui, elle allait mieux. Elle avait fini par l'apprivoiser, ce temps qu'elle s'était octroyé. À grands coups de fruits frais, de pâtisseries faites maison, de courses dans la forêt durant lesquelles l'accompagnait désormais Freddy, de bons vins dégustés à la tombée de longues soirées et dans ce temps suspendu qui avait l'odeur de la menthe fraîche et de la vieille pierre. La vie ici lui était agréable. Ressourçante. Et puis il y avait Gabriel, et puis il y avait Lou. Et dans tout ça, elle commençait à y voir plus clair pour la suite. La première fois qu'ils étaient venus dîner chez elle, Pierre-Louis lui avait demandé si elle se sentait prête au changement. Cela lui avait trotté en tête depuis… Peut-être qu'elle était prête depuis plus longtemps qu'elle ne le pensait. Avec le recul, changer les choses, c'est ce dont elle avait eu envie en emménageant avec Éric. Sauf qu'elle avait voulu coller au schéma du moment. Un compagnon, un mariage et certainement un enfant. Elle avait pensé que cela suffirait, que c'était finalement ce qui lui manquait. Elle n'avait peut-être pas cherché du bon côté.

— Je crois que j'ai longtemps évité de me demander si je serais plus heureuse en changeant de métier. Mes parents m'ont dit de bien travailler, pour gagner de l'argent et avoir une belle vie. Je dis « mes parents » mais en fait, c'est un appel constant de la société. Un bon métier, c'est un métier dans lequel tu gagnes bien ta vie.

— Un bon métier devrait être celui dans lequel tu t'épanouis.

— Dans l'idée, je suis bien d'accord, mais dans les faits… Est-ce que ce n'est pas futile de se dire qu'on oublie de nous dire d'être heureux ? C'est… simpliste ?

— Je ne pense pas.

— Je me dis que je vois ça avec les yeux de quelqu'un qui est né dans un milieu sans difficulté. C'est facile pour moi de dire que l'argent ne fait pas tout alors que je n'en ai jamais manqué.

— Ce n'est pas ce que j'entends dans ce que tu dis. Et moi qui suis né dans une famille plus désarticulée, je l'ai cherché à tout prix, cet épanouissement.

Lou avait grandi entre la douceur de sa mère et les coups de son beau-père. Ce qui aurait pu le détruire complètement lui avait donné la force de déplacer ses propres montagnes.

— On continue à m'appeler le fils Fournioux dans le coin mais j'ai toujours porté le nom de ma mère. Je n'étais pour Claude qu'un agacement permanent et une bouche de trop à nourrir. Il grognait sans cesse de l'argent qu'il dépensait pour moi. Je mangeais trop, je grandissais trop, j'étais trop sensible, trop souvent malade. Trop dans les jupes de ma mère. Si l'argent manquait, c'était de ma faute. C'était un jaloux maladif. Il refusait qu'elle trouve un travail. Il l'enfermait à la maison quand les marques étaient trop visibles. Pour les miennes, de marques, il disait que j'étais maladroit.

La mort de Claude, affreusement, les avait soulagés. Il leur avait laissé une maison et l'amour des gens du coin. De ceux qui préféraient se souvenir de lui comme de l'enfant du pays qui avait recueilli et marié l'Anglaise, et pris soin de son petit, plutôt que de l'homme désabusé qui s'était abîmé dans l'alcool. Pour compléter les maigres aides qu'elle avait réussi à obtenir, sa mère s'était mise à donner des cours de piano et de chant. À quinze ans, il gagnait aussi quelques sous avec des leçons de guitare et, par la suite, de violon. Les vendanges, le bois à couper dans les fermes alentour et ses deux années à travailler aux ateliers avec Robert après son bac.

— J'aurais fait n'importe quoi pour gagner assez afin de pouvoir faire des études. Encore plus une fois que Gabriel avait déménagé à Montpellier pour les siennes.

Ses efforts avaient été récompensés. Il était parti avec ses économies et l'idée qu'il pouvait tout affronter. Trois années au Québec où il avait appris un métier et découvert une autre vie. Toujours faite de petits boulots et de privations, mais où la musique remplissait tout l'espace.

— Une sorte de bohème ?

— Oui, c'est ce que j'y cherchais. Je ne saurai jamais ce que j'ai vraiment pris de mon père mais personne ne doute de ce que j'ai pris de ma mère.

— Ah, l'hérédité…

Comme son père, Ursule aimait la propreté, confondait sa gauche et sa droite et avait une bonne vue. Comme sa mère, elle était têtue, aimait les chiffres et avait la larme facile. De l'éducation reçue de ses parents, elle tirait l'idée qu'une vie parfaite était une vie dont rien ne dépassait mais aussi un profond respect et une sincère tolérance envers celles des autres. Pourtant elle ne se retrouvait que très peu en eux.

— Je crois que je ressemble à ma grand-mère. Le goût pour le sucre et les comédies romantiques. Les copains et les copines aussi.

Le mercredi après-midi, elles cuisinaient ensemble avant que n'arrivent les amis de sa grand-mère pour un café et une pâtisserie. Un rendez-vous que la petite fille d'alors n'aurait manqué pour rien au monde.

— Maud était au centre aéré le mercredi. Elle voulait que je demande à mes parents de m'inscrire mais c'était hors de question. Ils étaient drôles et un peu déjantés, les copains de ma mamie.

Tous de vieux Parisiens qui mourraient avec fierté là où ils avaient toujours vécu. Ils avaient un parler imagé duquel Maud et Ursule avaient tiré un amour délirant pour les vulgarités absurdes. Nés entre deux guerres, ils en avaient gardé, à leur façon, une vie marquée. Ils avaient fait les Beaux-Arts, mai 68, et souvent des enfants.

— L'argent manquait. Mais pas le bonheur.

Ursule vint se placer dans les bras de Pierre-Louis, la tête contre sa poitrine. L'eau avait refroidi. C'était bien agréable dans la chaleur de ce temps d'orage.

— Elle avait un amoureux, tu sais ?

— Elle te l'avait dit ?

— Non, mais je le savais. C'était le seul qui n'arrivait jamais les mains vides. Il lui apportait des fruits, des meringues ou des calissons. Des petites attentions gourmandes. Jamais de fleurs coupées.

— Parce que « si ça se mange pas, ça vaut pas le coup ».

Il se souvenait. Elle embrassa son cœur.

— Exactement. C'était aussi le plus triste à son enterrement. Aussi triste que moi…

Elle n'avait jamais revu ce vieux monsieur avec qui elle avait pourtant plus de souvenirs en commun qu'avec son grand-père.

— Et elle a fait quoi ta grand-mère, après les Beaux-Arts ?

— Elle travaillait dans un petit théâtre dans le vingtième. Il a fermé ses portes une paire d'années avant sa retraite. Elle n'a plus travaillé, après ça. Elle y avait rencontré mon grand-père. Elle était heureuse d'avoir fait sa vie entre la scène et les loges. Elle disait aussi en riant qu'elle y avait fait sa fille. Ce qui fait encore grimacer ma mère.

— Et ton grand-père ?

— Un comédien, le grand-père Abélard. Ils se sont séparés quand ma mère était encore une petite fille mais ils s'entendaient bien. Ils se voyaient à l'occasion. Je l'ai toujours soupçonné de préférer les garçons… Il est en vie. Il habite dans le Jura. On s'appelle pour les anniversaires.

— Quelle vie !

Une vie parfois un peu trop vive qui avait donné à sa mère des envies de stabilité et de rigueur. Elle était devenue comptable et avait épousé le père d'Ursule qui était opticien. Des métiers respectables pour échapper à la vie de ses parents qu'elle avait trouvée trop et puis trop peu.

— Ta grand-mère a l'air de beaucoup te manquer.

— J'en garde le souvenir de quelqu'un d'inspirant. Et je pense beaucoup à elle depuis que je suis ici.

— Elle t'inspire pour la suite ?

— Je crois bien que oui… mais je garde ça encore un peu pour moi. Depuis que je suis adulte, j'ai beaucoup parlé avant de m'engager, j'ai guetté ce que je faisais dans les yeux des autres.

— Tes parents ?

— Mes parents… Éric, d'autres… Maud. Avant que je décide de venir ici, j'avais l'impression d'être devenue une larve. Maud m'a dit qu'il n'y avait que deux fins à cet état : la mouche ou le papillon…

Il embrassa le creux de son poignet.

— Un papillon ? Quelle drôle d'idée. Tu es un ours, pas un insecte.

— Je ne sais pas comment je dois le prendre.

Il mordit l'endroit qu'il venait d'embrasser.

— Tu aimes le sucre et tu sais puiser dans tes réserves.

Quand Éric l'avait quittée, il y avait eu une sorte de down général. Comme si les grandes lignes de sa vie étaient descendues à zéro, s'alignant bien nettement sur un horizon vide.

— Quand j'ai parlé à mes proches de venir ici, ma décision était déjà prise mais j'avais l'impression d'être lâche. De fuir.

— Pourtant, dès le départ, j'ai eu l'impression que tu as tout de suite commencé à dessiner autre chose.

— Maintenant je le sais. J'avais pris la bonne décision.

Il embrassa le bout de son oreille.

— Et… les chambres d'hôtes ? Tu les envisages vraiment ?

Elle avait d'abord trouvé que Gabriel était fou : elle ne se voyait pas du tout s'engager dans un tel projet. Loin de chez elle… Et puis, elle n'était pas vraiment légitime ici… Mais elle commençait à se laisser le temps de rêver autrement.

— Disons que ce n'est pas incompatible avec ce que j'ai en tête.

Ursule n'avait plus envie de parler de choses tristes, de futur, d'accomplissement, et encore moins de leurs parents. Sous le souffle de ses paroles, la peau de Pierre-Louis s'était hérissée dans la chaleur pesante.

Elle sentait son corps se tendre et frémir tandis qu'ils se taisaient. La musique avait cessé, laissant seul le bruit de la pluie désormais accompagné par les clapotis de l'eau chahutée contre l'émail.

— Ursule ?

C'était la voix de Gabriel. Ursule et Pierre-Louis s'immobilisèrent. Elle n'avait pas fermé la porte en bas. Jamais elle ne se ferait à cette habitude qu'avaient les gens d'ici de passer sans prévenir. Ils l'entendirent monter les escaliers.

— Ursule t'es là-haut ? Je t'ai trouvé un lavabo. Je t'avais bien dit que j'avais mes entrées ! Il ne m'a rien coûté. Je l'ai posé à l'entrée du jardin. Il pèse trop lourd pour moi, ça tire sur mes côtes. On demandera à Pilou de le monter.

Il rouspéta doucement contre Cléo qui devait se faufiler entre ses jambes. En face d'elle, Pierre-Louis devenait rouge d'un fou rire alors qu'elle se sentait livide. La porte de la salle de bains n'était pas plus fermée à clé que celle d'en bas.

— C'est OK Gabriel ! N'entre pas, je suis dans la baignoire !

— Ça fait tellement plaisir à entendre ! Je sais que je n'aurais pas dû prendre le lavabo sans toi mais…

Et de l'autre côté de la porte, il continuait de s'extasier devant sa trouvaille malgré les invitations d'Ursule à déguerpir.

— On peut peut-être en parler plus tard !

— Oui, oui ! Mais…

Lou n'y tint plus et s'adressa à son ami à travers la porte.

— Gab ! Vraiment plus tard !

Ils entendirent un silence circonspect… suivi d'un grand éclat de rire.

— Putain je le savais ! Eh, si vous nous faites un petit là-dedans, je vous préviens, il ou elle devra s'appeler Gabriel ! Que vous le vouliez ou non !

Ursule jeta de l'eau à son camarade de bain tandis qu'ils entendaient le pas traînant de Gabriel redescendre les escaliers. Au moins, ils n'auraient plus à se cacher.

22

Ils en étaient à leur troisième jour de pluie consécutif. Le temps allait se lever, n'arrêtait pas de dire Gabriel, c'était une chance pour la région qu'il pleuve autant. La rivière n'allait pas se tarir, le pays n'allait pas être assoiffé.

— Par contre, c'est pas top pour la lumière de tes photos, ma grande.

Ursule fit claquer sa langue contre son palais.

— Remets ta main où elle était et ne bouge plus. J'ai assez de lumière pour ce que je veux faire. Pense aux peintres hollandais. Il pleuvait tout le temps, pourtant ils avaient de belles lumières.

— Ouais, enfin Rubens, il était plutôt mythologie que petits fours, on se demande pas pourquoi. Elles étaient dans sa tête, les lumières.

Ursule avait disposé diverses assiettes de petits gâteaux sur une belle table habillée de pommes de pin, de mousse et de photophores en bois réalisés par Lou. Elle avait demandé aux deux hommes de se prêter à une séance photo, mains sur des verres de citronnade aux glaçons pilés ou tendues vers les assiettes.

— Et on va pouvoir y toucher, aux gâteaux ? Ou c'est comme les tableaux : c'est juste avec les yeux ? s'impatienta Gabriel.

Ursule regarda les clichés pris avec son téléphone portable. Cela ferait l'affaire.

— Sers-toi, j'ai ce qu'il me faut.

— Tu nous fais bien des mystères, essaya Pierre-Louis en s'emparant d'une petite tarte aux pignons de pin.

Ursule passa ses bras autour de son cou et embrassa son front sans répondre. Elle le leur avait déjà dit : ils n'avaient pas le droit de lui poser de questions. Depuis quelques jours déjà, les choses bougeaient. Même plus vite qu'elle ne l'aurait imaginé ! Elle se servit un verre de citronnade et s'assit à côté de lui. Gabriel hésitait entre une part de clafoutis à la cerise saupoudrée de sucre glace – qui était devenu pour lui un classique – et une tartelette à la rhubarbe très géométrique.

— Tu sais que tu nous rends clairement addicts à nous gaver de pâtisseries comme ça ! La boulangerie en bas n'a plus aucun intérêt depuis que je te connais. Ça va nous manquer.

— Je te raconte même pas mon retour à Londres. Plus de pain, plus de fromage, plus de compote de rhubarbe et…

Plus d'Ursule, pensa-t-elle. Gabriel les regarda à tour de rôle.

— Ah non, hein ! Pas de ça ! Août vient à peine de débuter alors je vous interdis de commencer à bad tripper sinon je chiale le premier.

Pierre-Louis passa une main dans le cou d'Ursule.

— Évidemment qu'on ne va pas devenir tristes.

— De toute façon quand tes potes seront là, tu vas nous oublier…

— Si tu crois que je vais pouvoir tenir Éliane éloignée de Lou, c'est que t'as pas compris la bestiole.

— Éliane ! La tête qu'elle va faire quand elle va comprendre que t'as serré Pilou…

Gros silence.

— Hum… en fait Gabriel, on voudrait faire profil bas…, lui dit Pierre-Louis.

— Tu comprends… c'est un peu compliqué. Je préfère ne pas en parler à mes amis.

Il les regarda à tour de rôle et haussa un sourcil.

— OK… j'attends de vous voir à l'œuvre mais OK. Je vois trop les personnes qui te sont les plus proches, Urs, ne pas vous capter… M'enfin, ça vous regarde.

Ursule bloquait toujours sur un après, se refusant à quitter cet instant présent dont elle avait eu tant de mal à s'accorder. Elle avait toujours en tête que cette amourette passionnée était liée au lieu et à la proximité de leurs maisons. L'éloignement calmerait certainement le jeu, alors… à quoi bon en faire toute une histoire ? Inscrire le nom de Pierre-Louis à la liste que tenait Maud sous le titre « Cévennes – été 2018 » lui plombait le cœur… Ce serait mieux ainsi.

Elle regarda la table chargée de pâtisseries.

— Vous me laissez pas tout ça. Prenez-en pour ce soir et demain matin.

— Si c'est pour rendre service… Je vais voir mes parents en soirée si tu veux, je peux leur en descendre. Ma mère raffole de la cerise.

Gabriel continuait de dormir chez Pierre-Louis mais passait de temps à autre voir ses parents. C'est sa mère qui avait insisté. Il avait commencé par manger avec eux un midi. Son père et lui ne s'étaient adressé la parole que pour se demander l'eau et le pain. Il n'y avait pas eu de grande discussion ni d'excuses. Gabriel s'y était résolu. Cependant il ne retournerait pas vivre chez eux. Il était temps pour lui d'aller de l'avant.

— Tu sais Urs, je crois que j'ai pris du gras entre l'immobilité et les pâtisseries. Mon bourrelet et moi méritons de savoir ce que tu trafiques.

— Encore un peu de patience. Et une brioche à l'anis demain. 16 heures ? Ça vous va ?

Ursule était à nouveau plongée dans ses histoires d'application. Elle avait enfin mis le doigt sur ce qui ne fonctionnait pas et commençait à trouver son affaire tout à fait plaisante. Le matin s'était levé sur un soleil nouveau.

Cela faisait trois jours qu'elle n'avait pas vu les garçons. Gabriel était allé passer ce qui devait être une soirée chez Laurent et puis il les avait prévenus qu'il ne rentrerait pas tout de suite. Lou en avait profité pour se remettre un peu au travail dans le calme de sa maison vide et voilà deux nuits qu'ils dormaient l'un sans l'autre. Ursule ne serait pas allée jusqu'à dire qu'elle était sereine de cette petite coupure après ces trois semaines où ils ne s'étaient pas quittés mais elle se trouvait au moins le mérite de ne pas paniquer. Lou aidait, comme s'il savait, lui envoyant des mots doux qui ne demandaient aucune réponse avant de s'endormir à des heures tardives. Elle les trouvait à son réveil, la chargeant d'une nouvelle énergie pour la journée. Et depuis ce matin, il n'était pas le seul à lui envoyer des messages rassurants.

Elle pensa d'abord qu'elle avait imaginé ces coups tapés à la porte. Elle était sortie, trouvant son perron vide. Cléopâtre avait dû faire tomber quelque chose à l'étage… Et puis elle l'avait vue, déposée au milieu de sa pelouse : la coiffeuse de la grand-mère de Maud. Elle avait retrouvé son pied manquant et un large miroir piqué par le temps remplaçait celui qui avait été brisé. Elle avait été repeinte dans un vieux bleu patiné et les grappes de raisins étaient soulignées de noir comme si elles avaient été dessinées à l'encre et au pochoir. Sur la tablette, des brugnons étaient éparpillés. Dans le miroir, Lou, appuyé sur le mur de la maison, bras croisés, lui souriait.

— Les brugnons, c'est pour que ça vaille le coup.

Elle caressa le petit meuble de bois tandis qu'il la rejoignait.

— Ça dépasse la petite attention, lui dit-elle, admirative.

Il l'embrassa, les bras autour de sa taille, la serrant contre lui. Elle le sentit prendre une profonde inspiration sa joue contre la sienne. Comme le départ allait être difficile.

— Elle te plaît comme ça ?

— Elle est superbe. Merci beaucoup. Je ne savais même pas que tu l'avais récupérée.

— C'était une surprise. Cela aurait été dommage de la jeter. Je me dis que l'un de tes amis aura peut-être la place de la mettre dans sa voiture. Elle se démonte. Ou alors tu peux la laisser ici… et revenir la voir au printemps prochain.

Le printemps prochain coïnciderait avec les dernières dates de sa tournée, qu'il avait choisi de finir dans le sud de la France. Elle le savait bien.

— Viens, moi aussi j'ai une surprise pour toi.

Ils réunirent les brugnons qu'ils emportèrent à l'intérieur, laissant le joli meuble à l'ombre, dehors, en attendant de lui trouver une place. Ursule assit Pierre-Louis devant son écran. Une page était ouverte indiquant « IPPE : Au bonheur de l'ours ». S'y trouvaient plusieurs fenêtres de recherches associées aux mots « gourmandise », « pays », « ville », « quartier » ou encore « sucré/salé ». Le tout était décoré d'ours stylisés éparpillés.

— Le design est loin d'être définitif et je ne te dévoile là qu'une partie du projet parce que je te la dois.

Lou fixait l'écran, circonspect.

— C'est… mystérieux. Tu vas devoir m'en dire un peu plus pour m'aider à apprécier la surprise.

Elle s'assit sur ses genoux pour avoir accès au clavier.

— Tu m'as dit que la nourriture française te manquait quand tu étais à Londres. Pourtant dans les capitales, on trouve de tout. Il faut juste savoir où chercher. Cela tombe bien ! Sur Internet, il y a toute une communauté de personnes – et notamment d'expats – qui adorent traquer les bonnes adresses. Alors j'ai créé une application qui te permettrait, non pas de trouver un restaurant ou une boulangerie, mais le parfait croissant ou la parfaite tarte à la rhubarbe. Tu indiques le pays où tu te trouves, la ville et même le quartier et tu vois où les gens jugent avoir mangé la meilleure tarte au citron. Je ne suis pas fan du système de notation alors ça se joue au nombre de recommandations. Et en dessous, tu as la partie création de fiches. Tu renseignes où tu as acheté cette merveilleuse miche de pain qui te rappelle tant tes montagnes, tu charges une photo et tu recommandes.

Il avait posé sa main sur la sienne et faisait défiler les menus dans lesquels elle avait entré ses coups de cœur parisiens. Ici un roulé à la cannelle, là un cheesecake new-yorkais.

— Je vais demander à une copine graphiste de travailler sur un design plus adapté. L'application s'appellera IPPE pour « Indicateur de pâtisseries pour expats » mais sera rattachée à la société que je vais créer qui s'appellera « Au bonheur de l'ours ». On ne verra le résultat qu'à la mise en ligne et j'ai encore du contenu à créer, mais elle marche. Qu'est-ce que tu en penses ?

Il posa sa tête dans son cou et y déposa un baiser.

— Je pense que c'est un sacré travail que tu as fait là. Je suis très touché de savoir que c'est en partie pour moi que tu as créé ce système.

— Je ne suis pas certaine que le concept plaise. Cette appli peut tout à fait rester quelque chose de discret utilisé seulement par mes connaissances. Mais elle peut aussi plaire et grossir. Si c'est le cas, la pub pourrait me faire un début de revenus pour la société. Mais ce serait surtout une vitrine pour le reste.

— Le reste ?

Elle lui sourit, les deux mains dans son cou.

— C'est une toute petite partie de mon projet mais je voulais que tu sois le premier à en avoir connaissance.

Pierre-Louis s'enthousiasma sur les possibilités, assurant qu'il se mettrait lui aussi à remplir les petites fiches de contenu dès que l'application serait en ligne.

Comme ils n'avaient déjeuné ni l'un ni l'autre, Ursule lui proposa de pique-niquer dans la clairière un peu plus haut. Ils emportèrent un reste de pissaladière faite maison, un gros melon qui sentait le sucre, des navettes à l'anis, quelques brugnons et une Thermos de café glacé.

La clairière était immobile autour d'eux. Pas un brin de vent ne venait troubler son herbe rase. Ils s'étaient abrités du soleil sous un grand noyer dont les feuilles dessinaient des mosaïques scintillantes au-dessus d'eux. Ursule avait fermé les yeux, allongée sur la grande natte de paille et de tissu dont elle avait fait l'acquisition dans un magasin de bric-à-brac en Camargue. Elle caressait les cheveux de Pierre-Louis, massant doucement son crâne de la pulpe de ses doigts. Il avait posé sa tête sur son ventre et chantonnait dans le calme de cette nature bruissante. Il ne restait du melon que les peaux dénudées et les glaçons du café avaient fini de fondre dans leurs verres. Quel bel instant… Une sieste, voilà bien quelque chose qu'elle ne s'accordait pas à Paris… Gabriel se serait moqué d'elle. Que s'accordait-elle à Paris ?

— Tu as des nouvelles de Gab ?

— Nan, je n'existe plus depuis qu'il est là-bas !

Ursule se retint de rire. Se pourrait-il que…

— Mais dis-moi… tu es jaloux ?

Pierre-Louis fit la grimace.

— Je suis pas jaloux.

Elle le taquina.

— Pierre-Louis jaloux… je l'aurais pas imaginé.

— Je suis pas jaloux… mais ça fait trois jours qu'il a disparu là-bas et… je le connais pas moi, son copain. Et puis tu sais, Gab, il en a vu des vertes et des pas mûres en matière de mecs. Quand il te dit que c'est pas la première fois qu'on le met en vrac… tu lui demanderas de te raconter l'histoire avec le type de Marseille. J'avais dû emprunter une voiture aux ateliers pour aller le récupérer. Plus jeune, c'était clairement pas le dernier à se battre et il était moins prompt à se rouler en boule pour se protéger. Je suis juste inquiet pour lui.

Ursule le laissait s'empêtrer dans ses explications. Il parlait en levant les mains devant lui, chose inhabituelle chez le calme et réfléchi Pierre-Louis, butant sur ses phrases. Il finit par se taire un instant avant de se tourner vers elle pour lui jeter son regard bleu et un sourire honteux.

— Tu as raison. Je suis un peu jaloux. Je sais que c'est pas très beau mais je me suis habitué à avoir Gab à la maison… C'est mon meilleur ami et il me manque quand je suis loin. Je vois la fin de l'été arriver beaucoup trop vite. Et puis tu commences à le connaître : il n'aime pas les grandes villes. Londres lui file des boutons, il refuse d'y mettre les pieds. En vrai, je suis content qu'il ait rencontré quelqu'un. Ça faisait longtemps.

— Et puis ce n'est plus un ado bagarreur.

Gabriel et Ursule avaient eu l'impression d'accorder leurs pas ces derniers temps. Ils en avaient beaucoup parlé. Il l'avait encouragée à rêver plus, elle lui avait dit combien elle trouvait qu'il avait de l'or dans les mains et qu'il était temps pour lui de mieux l'exploiter. Et ces derniers temps, il parlait de réunir une petite équipe pour participer à des chantiers plus importants. Comme Ursule, il avait jeté quelques e-mails en pâture à la langueur de ce mois d'août, ne sachant pas trop si l'un d'entre eux avait des chances de rebondir.

Pierre-Louis s'assit dans l'herbe à côté d'elle, soucieux.

— Ce n'est pas la partie de moi que je préfère, je dois le dire. Être jaloux, c'est être possessif et cela me rappelle trop de mauvais souvenirs pour que je puisse me dire que c'est juste un comportement humain. Et quand je parle d'été qui se finit, il n'y a pas que Gabriel que je n'ai pas envie de quitter.

Ursule se redressa sur ses coudes, cette fois-ci, elle ne pourrait y échapper. Pierre-Louis avait été patient et elle voyait bien qu'il commençait à avoir le cœur gros. Elle vint coller son épaule contre la sienne.

— L'été n'est pas fini.

— Non, mais tes amis seront bientôt là et tu m'as demandé de garder mes distances.

— Et tu n'es plus d'accord ?

— Et je n'ai pas le choix.

Il disait ça sans colère ni agacement, plutôt comme une fatalité. Elle avait appris à le connaître durant ces dernières semaines où ils passaient le plus clair de leur temps ensemble. Quand on lui en laissait le temps et l'occasion, Lou parlait, se livrait, s'ouvrait, vous invitant à faire de même. Elle avait découvert, derrière son grand corps et ses yeux rassurants, la peur de trop en faire et celle de l'abandon. Il gardait à l'esprit, malgré les années, qu'il pouvait être de trop. Trop présent, trop passionné, trop amoureux. Alors il se contraignait à donner sans être demandeur de peur de voir les autres partir. Jusqu'à en souffrir, comme avec sa fille. Il avait raison : le mois d'août leur filait entre les doigts. Le Gang débarquait dans soixante-douze heures pour deux semaines et, une poignée de jours après leur départ, elle fermerait les volets de la grande maison pour la dernière fois.

— Je suis désolée…

— Ne le sois pas. Tu sors d'une rupture, tu es en pleine remise en question et j'arrive avec mon lot de casseroles et mon foutu romantisme.

C'est elle qui avait maintenant le cœur gros de l'entendre s'excuser. Elle prit son visage dans ses mains pour le tourner vers elle et embrassa ses lèvres.

— Je commence à l'apprécier, moi, votre foutu romantisme, monsieur le dompteur d'ours.

— J'espère que j'apprivoise plus que je ne dompte.

Le Petit Prince, évidemment. Elle lui dit avec sincérité ce qu'il avait besoin d'entendre pour chasser de ses yeux un chagrin prématuré. Elle acceptait de ne pas mettre de date de péremption sur leur relation mais resterait concentrée sur ses projets. Il lui répondit que ce serait à son rythme.

23

Et puis ils étaient arrivés. Trois voitures pleines à craquer de gens, d'enfants, de bonne humeur, de transats et de crème solaire. Ils l'avaient prise dans leurs bras à tour de rôle. Rose s'était mise à pleurer de tout son petit corps, réveillée par ces grandes personnes qui ne savaient plus se tenir de tant de joie. Le cœur d'Ursule débordait.

Elle leur avait fait faire le tour du propriétaire, prenant plaisir à ce que Maud redécouvre, comme elle l'avait fait, les traces de leur enfance. Dans la salle de bains, son amie avait reconnu la coiffeuse de sa grand-mère.

— Je croyais que tu m'avais dit qu'elle était brisée ?

— Elle ne l'est plus, lui avait répondu Ursule dans un sourire.

Maud et Nadine occuperaient la plus spacieuse des chambres du premier étage avec leur fille. Joël et Paul prendraient la seconde. Jiji, Nathalie et Alex seraient au deuxième. En voyant son grand fils suivre les deux filles pour trouver sa chambre, Joël lui dit :

— Tu feras attention en fuguant : les marches craquent beaucoup !

— Et où veux-tu que je fugue ici !? lui avait-il répondu en montant les escaliers quatre à quatre.

Alex avait seize ans. Il vivait la plupart du temps avec sa mère, passant un week-end sur deux et des bouts de vacances avec Paul et son père. Les deux hommes ne manquaient jamais de le récupérer pour le séjour estival annuel du Gang. En six ans, ils étaient un peu tous devenus les oncles et tantes du jeune homme vif et tendre qu'il était. Ursule et Nathalie, particulièrement, avaient la cote. Cette dernière lui demanda en haut des escaliers :

— Tu veux fuguer ? Tu avais pas envie de venir avec nous cette année ?

— Oh si, si ! Mais… j'ai fait le mur chez ma mère et j'ai été puni un sacré moment… alors il se fout de ma gueule.

— Tu allais où pour pas le dire à ta mère ?

— Vous moquez pas, hein ! J'allais juste en bas de l'immeuble voir une copine qui partait en vacances le lendemain… et on n'avait pas eu le temps de se dire au revoir. Il était tard, je suis descendu sans prévenir. Je me suis fait cramer en rentrant. J'ai pris une semaine sans téléphone et un mois à pas pouvoir quitter le quartier !

L'adolescence… Ursule se souvenait bien des appels nocturnes passés en secret, au téléphone fixe du petit salon de ses parents, et des rendez-vous furtifs dont ils n'avaient jamais eu connaissance.

— Ton père était pas trop furax ?

— Nan, tu le connais. Il a dit à ma mère que c'était de mon âge et des trucs comme « responsable » et « pas de mise en danger ». Il a plaidé en ma faveur. J'ai pu venir avec vous et je peux partir dans l'Oise avec mes potes la dernière semaine d'août.

Nathalie et Ursule se regardèrent. Elles connaissaient bien sa mère, Josée, qui avait su très vite que son mari et elle ne resteraient pas ensemble. Après la douleur, les cris et les pleurs, ils avaient, ensemble, organisé une vie harmonieuse autour de leur fils. Et Josée prônait à qui voulait bien l'écouter qu'on avait le droit de rater son mariage et de réussir son divorce. À voir leur garçon si bien dans ses baskets, il n'y avait pas à en douter : ils avaient su rester une famille. Ursule espérait que Lou aurait l'occasion, auprès de Paul, Joël et Alex, de pouvoir s'imprégner de la douceur et de l'équilibre de leur relation.

Ursule avait cuisiné une grande plaque de quiche à la courgette et aux herbes de Provence ainsi qu'une salade de pastèque et de melon qui ravirent tout le monde. Ils étaient tous épuisés de ce long voyage mais heureux d'être ici. Ils s'étaient émerveillés du cadre et avaient tous donné, pêle-mêle, des nouvelles à Ursule. Pour chacun d'entre eux, ces quinze jours étaient précieux. Ils voulaient visiter la région, aller passer une journée au bord de la mer, voir la Camargue et, évidemment, aller se baigner à la rivière. Ils trouvaient qu'elle avait bonne mine. Finis les coups de soleil : la voilà qui était toute bronzée, s'appliquant à nourrir sa peau d'une des crèmes offertes par Nathalie. Rose avait couru après la pauvre Cléopâtre qui avait vite compris qu'elle pouvait se réfugier en hauteur pour observer cet étrange petit humain à l'abri de ses mains pataudes. Ce qui avait vite déclenché une crise de pleurs, soignée par quelques bouts de melon piochés dans l'assiette d'Ursule. La fillette était épuisée de cette longue journée. Nadine ne tarda pas à l'emporter dans leur chambre malgré ses protestations. Ils avaient envoyé Alex se coucher quand ce dernier avait posé sa tête sur ses bras à la fin du repas. Comme à leur habitude, chacun avait ensuite fait son petit bout de tâche pour ranger le bazar de la table dans une mécanique qu'ils avaient façonnée durant ces six, quinze et, pour certains, presque trente dernières années. Et puis ils avaient disparu à l'étage, laissant le calme de la maison retomber autour d'Ursule. Jiji était resté pour l'aider à passer un dernier coup de balai. Elle voyait bien qu'il était épuisé d'avoir conduit durant de nombreuses heures au soleil. Elle avait insisté pour qu'il la laisse finir seule.

— Tu n'es pas fatigué mon cœur ?

Il avait haussé les épaules.

— Un peu mais je suis surtout content de te retrouver.

— Nous avons quinze jours devant nous pour en profiter.

Il l'avait serrée très fort dans ses bras, soupirant dans le cou de son amie.

— File te coucher, il te faut du repos. Demain est un jour de fête !

Il lui avait jeté un dernier regard avant de monter les escaliers. Il allait falloir prendre grand soin de lui, se dit Ursule, il était certainement celui qui avait le plus besoin de cette parenthèse au vert.

Le lendemain, Pierre-Louis et Gabriel – qui avait fini par refaire surface alors que son galant s'était envolé pour une semaine au Danemark – étaient arrivés en matinée, chargés d'un tas de matériel. À la demande d'Ursule, ils avaient emprunté à Robert l'outillage nécessaire pour cuire une paella gigantesque. Ils lui avaient fait la surprise de dégoter de grandes guirlandes lumineuses d'extérieur.

— Éclairage municipal, avait dit Pierre-Louis. Si on ne l'avait pas arrêté, Robert serait venu les installer lui-même.

Ursule avait fait les présentations, ignorant grandement les sourires pleins de sous-entendus de Maud à la rencontre de Pierre-Louis. Gabriel et elle avaient très vite parlé de la maison et elle n'avait pas manqué de le remercier pour le travail réalisé dans la petite chambre au premier. Ursule intervint rapidement en parlant de faire de la bâtisse une véritable maison de vacances. Elle avait prévenu Gabriel : elle n'avait pas encore parlé à Maud et Éliane de son éventuel projet de chambres d'hôtes. Mais elle préférait brider l'enthousiasme détonnant de son ami. Ils s'étaient ensuite activés pour parer les arbres des loupiotes multicolores, aidés de Paul et Alex. Devant une Ursule paniquée, ils avaient multiplié les acrobaties, montés sur des échelles branlantes et des tabourets. Ils avaient également installé de grandes tables sur tréteaux prêtées aussi par leurs connaissances aux ateliers de leur village. C'est qu'il y aurait du monde, ce soir. Sur les coups de midi, les deux hommes avaient pris un verre avec eux avant de les laisser profiter de l'après-midi.

— Si tu veux qu'il y ait de la musique, Urs, il faut bien que j'aille répéter un peu, lui avait dit Lou alors qu'elle essayait de les convaincre de rester déjeuner.

— Urs…, avait murmuré Maud dans son coin, rebondissant sur ce surnom qui, pour le Gang, sonnait inhabituel.

Ils reviendraient en fin de journée, accompagnés de quelques amis musiciens après avoir récupéré Éliane à la gare. Ce soir, dans la petite maison longtemps restée vide, il y aurait une table pour quinze personnes, une paella traditionnelle cuite en extérieur, du vin en cubi, des saladiers de thé froid, la plus grande tarte à la rhubarbe que la région ait connue, des lumières colorées et de la musique. Et puis ils seraient tous là.

L'apéritif s'était ouvert sur une initiation aux danses de bal folk menée par Gabriel et Éliane. Pierre-Louis était au violon. Pour l'accompagner, un dénommé Bruno avait apporté quelques percussions et le désormais bien connu Nathaniel était à la guitare. Nathalie et Ursule dansaient ensemble, comptant cérémonieusement les temps.

— C'est pas compliqué les filles, c'est du quatre-temps ! leur dit Gabriel en agitant son doigt en rythme avec la percussion.

— Gna-gna-gna, lui lança Ursule en écarquillant les yeux face à Nathalie.

— Il est mignon ton Gabriel, avec son accent, lui dit-elle.

— Archi-gay ma chérie, tout à fait ton style.

Son amie tchipa en levant les yeux au ciel.

— Tu sais, moi… je suis bien toute seule.

Nathalie avait eu plusieurs relations et puis s'était lassée. Elle avait un jour dit à Ursule qu'elle était heureuse ainsi. Elle ne manquait pas d'entourage, de tendresse ; elle était épanouie dans ce qu'elle faisait, rencontrait beaucoup de monde, voyageait, aussi. Alors dans tout ça, où aurait-elle mis quelqu'un d'autre ? C'était un choix et ses amis le respectaient.

— Je le sais bien. C'est important que tu suives ton propre cheminement.

— Et le grand blond qui te dévore des yeux à chaque instant, tu vas me dire qu'il est gay aussi ?

Ursule ne put réprimer son sourire.

— Non, pas lui, non.

— Quelque chose me dit qu'il fait partie de ton cheminement personnel depuis ton arrivée.

Ursule refusa d'en dire plus et fit tourner son amie sous les rabrouements de Gabriel. D'après lui, le temps n'était pas venu.

Au grand soulagement d'Ursule, Rose s'était désintéressée du chat en voyant débarquer Freddy. Pierre-Louis avait assuré qu'il n'y avait aucun danger pour la petite, son chien était une bonne pâte. Nadine n'en avait pas assuré autant du côté de sa fille en la voyant s'accrocher de tous ses petits poings aux poils blancs de l'animal. Elle la regardait maintenant suçoter la peau d'une tranche de pastèque, la tête sur la poitrine du gros loup patient, tous deux allongés entre ses pieds et ceux d'Ursule. La lumière avait décliné et ils avaient allumé les guirlandes. Sa toute première paella était une réussite et tout le monde en avait repris, ne laissant pas grand-chose dans l'immense plat. Elle avait cuisiné à part des cuisses de poulet dorées, du chorizo passé à la poêle, quelques fruits de mer, et tout le monde y avait trouvé son compte. À table, Éliane s'était empressée de s'installer auprès de Lou sous le regard amusé d'Ursule, à l'autre bout. Jiji était venu s'asseoir à ses côtés. Ils avaient discuté de la pièce jouée à Avignon, de la séance photo faite en Bretagne et du long-métrage qu'il s'apprêtait à démarrer en septembre. Depuis qu'il avait quitté la Comédie-Française, il ne manquait pas de propositions.

— Je ne sais pas combien de temps ça va durer alors j'en profite.

Avec ses grands yeux noisette et ses airs de jeune premier la quarantaine approchante, il avait peu de soucis à se faire sur la suite de sa carrière. Nathalie revenait du Sénégal et avait eu un véritable coup de cœur pour le pays. Elle échangeait joyeusement ses impressions avec Nadine qui y avait séjourné plus jeune et rêvait d'y retourner. Un peu plus loin, Gabriel et Paul étaient en grande conversation. Elle les entendait parler peinture. Quelle bonne idée ils avaient eue de s'asseoir l'un à côté de l'autre. Paul arriverait peut-être à décider Gabriel à venir la voir à Paris en vantant les mérites de Pompidou, d'Orsay ou de la fondation Cartier. À côté de son épouse, Maud parlait avec fierté des lycéens avec qui elle avait monté une exposition sur les femmes et le théâtre, qui s'était ouverte par une petite représentation à destination des parents. Ursule l'entendit dire qu'ils finiraient certainement par avoir sa peau. Pourtant, voir ses timides élèves de seconde interpréter Eva Perón valait bien quelques sueurs froides, les heures passées en friperie pour trouver de quoi vêtir chacun et la prise en charge du chagrin si bouleversant et sincère de ceux dont les parents n'avaient pas pu se libérer ce jour-là. Dans son coin, Alex grattait doucement la guitare de Nathaniel. Jiji caressa la main de son amie. Il la connaissait bien, il savait son trouble à les voir tous réunis.

Entre la paella et le fromage, ils s'étaient levés pour mettre en pratique le savoir acquis durant l'apéritif, maîtrisant désormais le cercle circassien, la scottish et la gigue. Après la tarte, la guitare était passée de main en main pour quelques morceaux qui leur étaient plus classiques. Les Beatles, Oasis, Nirvana, ils avaient tous chanté, au grand plaisir de Rose qui avait l'air de penser que ce soir, personne n'irait se coucher. Pourtant, l'heure de ranger était vite arrivée.

Tout le monde avait remercié Bruno et Nathaniel de s'être joints à eux pour la soirée et ils étaient repartis les premiers avec du vin et quelques gâteaux. Ursule avait ensuite raccompagné Pierre-Louis et Gabriel jusqu'à la grande cour. Ce dernier lui avait souhaité une bonne nuit avant de passer le grand mur pour rejoindre son carrosse. Lou et Ursule s'étaient retrouvés entre la maison et le portillon, à l'abri des regards.

— C'était une bien chouette soirée. Ils sont gentils tes copains. Merci de nous y avoir conviés.

— Merci à toi pour tout ce que tu as fait. Je n'aurais jamais pu imaginer une soirée comme celle-ci. Merci pour le matériel, les guirlandes, les musiciens. Et merci d'être resté discret.

— Y'a pas de mal. Je comprends. Parfois, on a aussi besoin de faire autre chose autre part… derrière le dos des gens que l'on aime. C'est important de savoir qu'on existe toujours en tant que soi.

— Je crois que tu mets le doigt dessus, oui. Exister en tant que soi.

Leurs corps se frôlaient, cachés qu'ils étaient entre le mur et les branches tombantes du grand figuier désormais plein de fruits mûrs.

— Je… peux t'embrasser ? demanda Pierre-Louis.

Elle se glissa tout contre lui et tendit son visage. C'était bon d'être embrassée sans avoir l'impression d'être possédée.

— Je te tiens au courant de ce qu'on fait ?

— Profite de tes amis. Je vais me remettre sérieusement au travail. J'ai des musiciens qui vont être de mauvais poil si je me borne à ne jouer que des cercles et des mazurkas à mon retour à Londres.

Ils s'embrassèrent encore une fois, mains entrelacées, pour mieux se séparer le temps de quelques jours. Ursule fit de loin un geste de la main à Gabriel et pris le temps de les regarder partir avant de rejoindre sa petite troupe qui avait commencé à ranger. Elle tomba nez à nez avec Éliane qui lui fit un sourire contrit plein de dents.

— Je crois que j'ai vu ce que tu ne voulais pas qu'on voie.

— Oh ma puce.

Oh, comme Ursule s'en voulait de ne pas le lui avoir dit avant. Elle sentit une grosse pierre tomber dans son cœur. Elle la ramena contre elle pour la serrer dans ses bras. S'il y avait bien quelque chose qu'elle ne souhaitait pas, c'était provoquer un chagrin d'amour chez celle qu'elle considérait comme sa petite sœur.

— Éliane, je suis désolée.

— De quoi ma Sussu ? C'est super ! Je veux que tu me racontes tout.

— Tu n'es pas fâchée contre moi ?

— Mais non voyons. J'avais bien compris que ça se trafiquait. Et puis tu sais, je suis bien contente de faire sa connaissance parce que j'aime beaucoup ce qu'il fait mais il est un peu vieux pour moi.

Il fallait vraiment qu'elle arrête de voir Éliane comme une petite fille fragile. Elle était franche, adulte et responsable. Plus qu'Ursule au même âge.

— En fait je me faufilais derrière vous pour savoir si je pouvais te prendre la voiture pour ce soir. Je viens de recevoir un texto de Nathaniel. Ils sont allés continuer la fête chez lui et j'aimerais bien les rejoindre.

Bien moins dramatique également. Ursule s'empêcha de lui rappeler d'éventuelles consignes de sécurité et lui confia les clés de ce qui était – finalement – sa voiture, en lui souhaitant une bonne fin de soirée.

24

Ils avaient fini les derniers verres et tous étaient montés se coucher. Ursule était restée avec Jiji à discuter de sa toute nouvelle situation. Cela faisait presqu'un mois qu'il habitait chez son frère.

— Tu crois que c'est… réparable ?

— Non. Elle m'a dit qu'elle ne le souhaitait pas. Le divorce. Dans sa forme la plus misérable, dénuée de cruauté.

La question suivante lui démangeait la langue et lui piquait un peu la gorge.

— Elle a quelqu'un d'autre ?

— Non, tu connais Nadjia. Elle est trop droite pour ça.

Nadjia l'avait quitté, elle ne l'aimait plus, c'était tout. Cela avait été franc et soudain. Enfin soudain… pour lui, certainement. Lui qui n'avait pas vu les signes. Ils étaient tous les deux à regarder les étoiles dans deux transats, se tenant la main au-dessus de l'herbe. Jiji réfléchit un instant avant de reprendre.

— Rencontrer quelqu'un prend du temps. Et avec sa vie, notre vie à tous les deux, elle n'en avait pas vraiment, du temps, pour rencontrer de nouvelles personnes.

Ursule lui serra un peu plus le bout des doigts.

— Parfois, ce n'est pas une nouvelle rencontre.

Il lui sourit.

— Non. Tu as raison. Elle m'a assuré que non. Et… je choisis de la croire. Ça ne changerait rien. Je dis que je ne voyais aucun signe, mais tu sais… cela faisait plusieurs mois que nous ne couchions plus trop ensemble. On m'avait dit que la passion durait trois ans. Je m'y étais résolu je crois… J'aurais peut-être pas dû. J'ai lu quelque part que le sexe était le thermomètre d'un couple.

— Le thermomètre du couple. En voilà, une étrange expression. Comme si le couple était une sorte de maladie ou un ragoût. Ou encore un corps humain. Un corps humain dont on devrait prendre soin ? Cela a peut-être du sens.

— Éric et toi ?

— Oh… du coup, si on va par là, le thermomètre n'est jamais monté bien haut.

— Je croyais que le sexe était bien avec lui.

Oui, le sexe avec Éric était bien. Ni transcendant ni fantastique. Bien. Régulier. Comme une horloge au mécanisme un peu grossier. Celle qui donne l'heure et à laquelle on n'en demande pas plus. Sortis des premières semaines où ils s'étaient envoyés en l'air pratiquement tous les soirs avec une première nuit qui avait dépassé tout ce qui avait pu suivre, ils faisaient, sans jamais manquer ce précieux rendez-vous, inlassablement l'amour, une fois par semaine, le dimanche matin. Et toujours dans leur lit ! Éric ayant peur des maladies et étant obsédé par l'hygiène, il refusait jusqu'à la moindre caresse sous la douche. Mais il savait comment la faire jouir. C'était ainsi qu'Ursule s'était contentée de ce rituel pour elle à la fois frustrant et satisfaisant, se rassurant sur le fait que tous ses amants passés ne pouvaient pas en dire autant.

Ils rirent tous les deux de bon cœur de ce rituel en se disant que c'était tout de même mieux que d'en pleurer. Et puis c'était à chacun son rythme. Éric trouverait – ou avait trouvé – certainement une autre horloge avec laquelle partager pleinement ses tics et ses heures fixes. Elle le lui souhaitait. Jiji poussa le transat pour le coller contre celui d'Ursule et la serra dans ses bras. Il posa son menton lisse contre son front et, durant un instant, elle fut submergée par l'odeur fraîche de son parfum.

— Et moi ?

— Quoi donc ?

— Tu avais joui avec moi ?

Oui. Oui, la seule et unique fois où il leur avait pris la folie douce de coucher ensemble avant qu'elle ne rencontre Éric, Ursule avait joui. Fini le corps de jeune premier des seize ans de Jiji. Sous sa marinière à col bateau, il était délicatement ciselé. Le torse glabre, le bout des seins de la couleur des noisettes. Elle l'avait mordu, dans la chambre d'hôtel de ce séjour improvisé, tout comme ce coup d'un soir qui avait l'image de son adolescence.

Il embrassa son front, sa joue puis ses lèvres. Ursule lui rendit son baiser avant de dégager doucement son corps du sien, remettant les mains de tout le monde à leur place.

— Jiji… Tu es triste, je comprends… mais n'allons pas sur ce chemin. Je suis désolée. C'est ma faute. Je ne voulais pas remuer le passé.

— On est ailleurs, tous les deux, seuls. Célibataires. Tout le monde dort. On pourrait. On ne ferait de mal à personne.

L'espace d'un instant, la tête d'Ursule lui tourna.

— Jiji, vraiment, je m'excuse d'en avoir parlé. Je cherche la merde. On l'a dépassé, non, ce temps où on se réfugiait l'un près de l'autre parce qu'on avait la frousse d'aller voir ailleurs ? On sait que ça marche pas.

Elle le sentit se tendre.

— On sait rien du tout Ursule ! On est sortis ensemble, on avait seize ans… et après ça… Je suis plus amoureux de l'ado que tu étais. Je n'en étais certainement pas amoureux d'ailleurs… mais de la femme que tu es devenue, peut-être bien. Tu t'es jamais dit que c'était pour ça que ça ne marchait avec personne d'autre ?

Ursule garda le silence, songeuse.

— C'est à cause de lui. Pierre-Louis.

Le ton de Jiji était dur. Elle fronça les sourcils.

— J'ai l'impression que tu es fâché et je comprends pas bien pourquoi ?

— Tu vas rester ici, c'est ça ? Tu vas nous quitter en fait ? Tu parles toujours du Gang mais t'en as rien à foutre.

— T'es triste et du coup, tu racontes n'importe quoi… Jiji, t'étais marié.

— Apparemment, je ne le suis plus ! Et toi, t'es plus avec Éric et tu me rejettes pour un mec que tu connais à peine. Tu te vois vraiment vivre ici ?! Tu fais de l'eczéma dès qu'il y a pas la fibre.

— Mais bien sûr que non, je ne vais pas rester vivre ici ! Et Lou n'a rien à voir avec… quoi qu'il soit en train de se passer ici. Et surtout dans ta tête. Je comprends que tu sois triste et perdu mais je ne suis pas une solution.

Il s'était levé, faisant quelques pas, la tête dans ses mains. Si ce n'était pas un geste dramatique… Il croisa ses bras sur sa poitrine.

— Tu vas rentrer alors ?

Elle se leva à son tour, le doigt pointé vers lui.

— Est-ce que tu m'as embrassée pour être sûr que je rentre à Paris ? Parce que si c'est ça, Jean-Joris La Salle, ce serait hyper moche de ta part !

Il secoua la tête et se rapprocha d'elle tandis qu'elle gardait une distance.

— Je t'ai embrassée parce que j'en avais envie. Tu me manques.

— Tu m'as manqué aussi. Vous m'avez tous beaucoup manqué. J'avais besoin de temps et d'air frais. Je ne regrette pas d'être venue ici.

Il hocha la tête, le regard bas. Ursule soupira. Elle avait l'impression de l'avoir sermonné comme un enfant. Alors elle finit par dire la seule phrase logique qui lui venait à l'esprit.

— Tu devrais aller te coucher.

C'est le moment que Maud choisit pour se racler la gorge en sortant de la cuisine. Preuve, s'il devait en être, qu'elle avait entendu beaucoup de ce qui venait de se dire. Décidément, les sœurs Rosenthal s'étaient donné le mot pour sortir de nulle part, ce soir.

— Je viens chercher le châle de Nadine. Elle l'a oublié… là.

Elle désigna une chaise un peu plus loin. Jiji rougit, grommela un « bonne nuit » et disparut dans la cuisine. Maud attendit de l'entendre fermer la porte des escaliers derrière lui et attrapa Ursule par le coude.

— T'as couché avec Jiji ?! Quand !? Parce qu'on sait tous que c'était pas quand on avait seize ans !

— Chut, pas si fort… Si je t'ai pas tenue au courant, c'est pas pour que tous les autres le soient.

Elle entraîna son amie un peu plus loin pour ne pas rester sous les fenêtres de leurs proches. De son parcours avec les hommes, il était certain qu'Ursule n'était pas fière de tout. Mais pour Jiji, c'était carrément la honte.

— Putain Sussu. T'as couché avec Jiji…

— Alors, déjà, ON a couché ensemble. J'étais pas toute seule à la faire, la connerie. Et ensuite, j'étais célibataire.

— … mais pas Jiji.

Non, pas Jiji. C'était peu de temps avant son mariage avec Nadjia. Il était dix jours en Avignon pour interpréter Dorante dans Le Jeu de l'amour et du hasard de Marivaux. Ursule l'avait rejoint pour le voir sur scène et profiter de ses entrées dans les petits théâtres de la ville. Deux nuits où ils dormaient dans le même lit. Chose dont ils étaient coutumiers depuis leur adolescence, une fois leur béguin passé. Ils avaient fait la fête avec la troupe après la représentation. Une chose en entraînant une autre, ils avaient vu le soleil se lever. Ils étaient ensuite rentrés pour se retrouver épaule contre épaule dans le grand lit de la chambre d'hôtel. Ils auraient pu accuser l'alcool mais ils n'étaient même pas un peu grisés. Il était déjà trop tard pour l'être ne serait-ce qu'encore un peu. Ils se racontaient leurs vies, comme ils l'avaient toujours fait ; les peurs de Jiji et les regrets d'Ursule. Un baiser puis leurs corps chauds alanguis par une nuit d'été. Ils ne s'étaient même pas précipités. Ils avaient vécu ces heures comme une bulle, une vie à côté de leur vie. Quelque chose qui n'existait pas en dehors de cette chambre d'hôtel et de cette ville. Ils s'étaient endormis repus, dans les bras l'un de l'autre. Le lendemain, ils s'étaient embrassés une dernière fois en se promettant de ne pas en parler et encore moins de recommencer. En était resté un surplus de tendresse s'il pouvait y en avoir plus entre ces deux-là. Un mois et demi plus tard, Ursule lançait, folle de joie, des poignées de pétales de rose au joli couple qu'il formait avec Nadjia.

25

— Putain de cœurs en papillote, vous nous aurez tout fait, tous les deux ! En voilà, un mariage qui partait sur un beau mensonge !

— Ça aurait servi à quoi, qu'il le lui dise ? À pourrir ces trois dernières années ?

— Putain Ursule, tu comprends que dalle, quand même ! Le problème, c'est pas que vous ayez couché ensemble. Le problème, c'est qu'il ait couché avec toi dans le dos de Nadjia. Tu vois ça comment, un couple ?

Maud se pencha vers Ursule mais celle-ci savait qu'elle n'attendait pas de réponse.

— C'est un putain de contrat ! Le mariage, c'est des papiers. Le couple, c'est ça le vrai contrat. C'est un accord que tu passes avec une autre personne sur ce que vous ferez de vos vies respectives. Et de vos culs ! Tu dois quelque chose à l'autre : du respect ! Mentir, ce n'est pas respecter l'autre personne. Coucher avec quelqu'un d'autre, ce n'est pas forcément lui manquer de respect. Le mensonge, si. Incontestablement. Et t'es bien placée pour le savoir.

— T'as fini ? Ouais. Ouais, on a fait une connerie. On n'est pas fiers. Mais là, tu m'engueules moi et perso, j'ai manqué de respect à personne.

— Vraiment ?

— Bon. Oui. Je l'aimais bien, Nadjia. Mais je peux pas effacer ce que j'ai fait, ce qu'ON a fait ! Alors je fais quoi, je me fouette ?

Elles gardèrent le silence un instant. Quand Ursule regarda son amie, elle la vit essayer d'apaiser cette colère qui grondait. Elle était comme ça, Maud. Intolérante avec l'injustice. La moindre incartade la faisait monter en température. Qui vole un œuf vole un bœuf ; qui trompe, trompe. Elle reprit doucement.

— Je suis pas fière de moi, Maud. Je n'ai pas de regret parce que nous avons partagé quelque chose de fort, qui n'aura fait de mal qu'à nous-mêmes. J'ai pas envie de m'excuser. Par contre j'ai très mal de sentir que tu me juges et que tu peux penser que je suis pour quelque chose dans leur rupture.

Maud lui prit la main en portant l'autre à sa bouche.

— Oh mais Sussu, je te juge pas !

Ursule pinça ses lèvres et sentit le coin de ses yeux s'humidifier.

— Avant que je parte, tu m'as quand même dit qu'avant Éric, j'avais couché avec tellement de mecs que tu t'étais demandé si je les bouffais pas. C'est pas hyper agréable à entendre… ça sonne un peu comme un jugement aussi…

Ursule garda ses mains sur son visage en sentant ses larmes couler. Les mots lui manquaient alors qu'elle avait besoin de parler. Maud la prit dans ses bras.

— Mais tu sais comment je suis ! Je parle beaucoup ! Trop !

Et Ursule écoutait. Elle avait toujours beaucoup écouté et suivi Maud. Elle était frondeuse. Une femme avec du caractère, et qui le disait haut et fort. Depuis toujours, Ursule suivait et, surtout, l'admirait de savoir se construire avec autant de force et de revendications. Elle avait voyagé, rencontré Nadine, fondé une famille. Elle avait l'air de savoir ce qu'elle faisait… alors quand elle disait qu'elle trouvait qu'Ursule pataugeait, celle-ci se voyait déjà se noyer.

— C'est à cause de ce que j'ai dit, tes prises de tête sur Pierre-Louis ?

— Pas uniquement… mais après cette discussion, je me suis dit que je m'étais trompée sur toute la ligne.

Ursule expliqua à Maud. Elle avait d'abord cru que sa vie entière n'était qu'un gros bazar dans lequel elle était incapable de mettre de l'ordre, s'accusant d'être futile et à côté de la plaque. Et puis elle avait compris ces derniers temps que ce n'était pas ça. La fin des études, le travail, les rencontres, son appartement. Tout ça, elle avait su le gérer comme elle l'entendait. Et puis elle avait eu l'impression qu'elle devait, avec l'arrivée d'Éric dans sa vie, coller au schéma des gens qui lui étaient chers… en s'y perdant et en ne se laissant pas le temps de faire un bon choix.

— Je ne dis pas que je ne veux pas être avec quelqu'un, mais je n'ai pas exploré la bonne relation. J'ai eu l'impression que je n'avais plus le temps pour ça. Et puis c'était devenu un sujet de blague entre vous, la liste de mes ex… alors… avec Éric, l'histoire était réglée.

— Mais enfin, ce qu'on voulait, c'est que tu sois heureuse ! Pas que tu trouves quelqu'un.

Oui mais voilà. Ursule avait un travail qui payait bien, était propriétaire, alors avant Éric, quand on lui parlait attentes dans la vie, on avait vite fait de lui chercher un mari. Elle-même avait fini par se laisser piéger par ces flopées de discussions qui se finissaient inlassablement par : « Mais quand est-ce que tu vas te poser ? »

— Quand Éric m'a quittée, j'étais triste… mais je me suis surtout sentie soulagée. Paumée, mais soulagée. Je me disais : trois ans, c'est rien ! J'ai eu l'impression d'éviter le pire en ne déménageant pas. Et puis je t'ai entendu me dire que j'avais un souci avec les hommes et qu'avant Éric, il y en avait eu trop.

— Je suis désolée. Tu le sais que je ne pense pas comme ça… Jamais je me permettrais de juger les gens sur ce genre de liberté. Tu le sais, ça ne me ressemble pas.

— Pourtant tu l'as fait.

Maud prit un instant pour digérer les paroles de son amie.

— Je m'excuse sincèrement, Ursule. Je te jure que je ne le pense pas… Mais… alors… ces trois mois ici… c'était un peu pour t'éloigner de… moi ?

Ursule sentait les larmes lui dégringoler le long des joues.

— Ce n'était pas conscient… mais je crois que j'avais besoin de sortir de ma vie de tous les jours. Et toi et les autres, vous en faites partie.

Elle vit Maud pâlir soudainement dans la lumière pourtant diffuse de la guirlande de fête foraine qui les surplombait. Elle s'en était vraiment rendu compte en se liant avec Gabriel et Pierre-Louis. En venant ici, elle ne cherchait pas du réconfort comme avait pu le soulever Gabriel, ni à faire une rencontre ; elle cherchait à voir les choses sous un autre angle. Et cela avait été plus facile dans un endroit nouveau sans que ses proches soient là pour la regarder respirer.

— Je m'en veux à mort… J'ai l'impression d'être toxique pour toi.

— Tu n'es pas toxique pour moi. J'avais juste besoin de me recentrer et de ne plus avoir la possibilité de me réfugier auprès de toi. Je fais peser beaucoup sur tes épaules. Je le sais. Je t'admire. Tu as toujours su ce que tu voulais faire et tu as beaucoup travaillé pour obtenir tes diplômes et tes concours. Vous êtes deux têtes de mule avec Nadine et vous avez réussi à en faire une force, et je parle même pas de tout ce que vous avez traversé pour avoir votre petite. J'admire tes engagements et même ton sale caractère. Je compte beaucoup sur toi… et toi, tu as une famille.

Maud lui serra la main un peu plus fort.

— Ce n'est pas une excuse pour t'avoir fait te sentir aussi mal. Tu as ta place dans cette famille, tu le sais. Pour toujours.

Ursula embrassa la joue de son amie. Elles en avaient toutes les deux gros sur le cœur, elle le voyait bien. Elle était soulagée d'arriver à mettre des mots sur tout ce qui l'avait chamboulée ces derniers temps, et surtout de les partager avec Maud. Oui, vraiment, elle ne pouvait pas vivre sans sa meilleure amie mais elles n'étaient peut-être plus obligées d'habiter le même quartier pour que chacune le sache.

— Je suis désolée. Je crois que j'ai été particulièrement infecte ces derniers mois. Avec tout le monde. Nadine n'a pas arrêté de me dire que j'étais tout le temps de mauvais poil… Je les ai attendues comme le messie, ces vacances. Je suis fatiguée de cette année. J'aime mon métier, j'aime mes élèves. Mais j'ai continuellement l'impression de me battre. Et puis… Rose n'est pas à un âge facile et Nadine travaille beaucoup. Tu partais à Grenoble et j'avais envie de t'encourager mais en vrai, ça me mettait en boule. Et voilà qu'Éric finit par te faire vraiment du mal ! Je crois que j'en ai été moi-même bouleversée… et que je voulais juste te sentir mieux et en sécurité, quitte à te débiter des âneries… ce que j'ai fait…

Un *mea culpa* de Maud… qui, en plus, reconnaissait qu'en ce moment, elle fatiguait, ce n'était pas banal. Les Cévennes étaient vraiment l'endroit qu'il leur fallait à tous pour retrouver du souffle et même assister à quelques miracles.

— Je suis contente que vous soyez tous venus. Et que tu sois contente d'être là. Tu sais… on ne s'imagine pas combien ce sont les gens qui nous entourent qui nous construisent… Et ça fait longtemps qu'on se construit côte à côte, toutes les deux…

— Presque trente-huit ans, oui… Alors ? Ces mois ici ? Est-ce qu'ils t'ont été aussi profitables que tu l'attendais ?

Maud attrapa les deux verres et la bouteille abandonnés sur la pelouse par Jiji. Elle leur servit un peu de vin blanc.

— Oui. Beaucoup. Je suis un peu comme cette maison : je mérite de vivre plusieurs vies. J'ai compris qu'il n'était pas question de recommencer les choses. Je ne pars pas de zéro, j'ai un vécu, des capacités. Il faut que je m'en serve pour être heureuse.

— Tu veux faire quoi exactement ?

— Oh, je crois qu'on va remettre cette discussion à demain.

— Et Jiji ? Il a visé juste pour Pierre-Louis ?

— Celle-là aussi… remettons-la à… plus tard.

— C'était peut-être un peu tôt pour qu'on te rejoigne ?

— Non. J'avais fini de décrocher les toiles d'araignée, j'ai besoin de vous pour la suite.

26

De la même façon que la saison s'était ouverte, l'été se finissait dans ce coin de montagne par un bal. En cette occasion, Lou remontait sur scène. Ursule était contente de pouvoir partager ce moment avec ses amis.

Dans la matinée, ils avaient cuisiné des cakes salés et sucrés. Quand la chaleur s'était faite pesante, ils avaient tous fait la sieste en même temps que la petite Rose, se reposant des nombreuses virées dans la région dont ils avaient bien profité. Et puis en fin de journée, ils s'étaient mis en route.

À leur arrivée, Pierre-Louis était déjà sur scène, chantant les yeux fermés, son violon à la main. Les danseurs défilaient lentement, deux par deux, progressant en un rang qui se balançait doucement de gauche à droite et d'avant en arrière. Il lui adressa un clin d'œil en levant les yeux vers eux, avant d'entamer un solo dont les notes emportèrent le cœur de la jeune femme. Alors que Nathaniel et Éliane venaient les saluer, elle ne put s'empêcher de ressentir une sorte de revanche sur la première fois qu'elle avait passé les portes de cet endroit. Le lieu ne lui était plus inconnu, l'odeur de la vieille pierre était celle dans laquelle elle vivait, la musique n'était plus une envolée qui lui piquait le cœur mais une flamme ronronnant au creux de son ventre.

— Tu savais qu'elle serait là, ma sœur ? lui demanda Maud, suspicieuse.

Ursule haussa les épaules. Elle ne le savait pas, mais cela l'aurait étonnée qu'elle ne soit pas remontée pour l'occasion. Gabriel et Laurent étaient installés sur une banquette un peu à l'écart de la piste. Son ami fit signe à Ursule de les rejoindre : ils avaient gardé des places pour que Rose puisse prendre ses aises sans être bousculée par les danseurs. Il fit rapidement les présentations et tandis que chacun s'extasiait sur la beauté de l'ancienne forge transformée en salle de danse et se disait quelques mots pour faire connaissance, Ursule glissait à Gabriel :

— Alors voilà celui pour qui tu nous as lâchement abandonnés ces derniers temps ? Bel homme.

— Et bon coup.

Elle le reconnaissait bien là.

— Dis plutôt que je vous ai laissé de l'air à tous les deux. À ne plus m'avoir sur le dos, vous avez dû visiter toutes les pièces chez Pilou. Dis-moi que vous avez pas fait ça dans ma chambre.

— Tu sais que t'es grave quand même ?

Il lui sourit.

— On me le dit.

Elle se souvenait de ses mots : une fois les marques sur son visage disparues, il oublierait. Il les avait retrouvés, ses grands yeux fous, son sourire sans égratignure et ce rire silencieux qui le secouait à nouveau sans le faire souffrir. Ursule se dit qu'il méritait tout de même plus.

— Alors, c'est le grand amour ?

Gabriel regarda Laurent qui discutait avec Jiji et Paul, attendant leur tour au bar.

— Nan… mais il est cool. Et intéressant. C'est bien suffisant pour l'instant.

Ils s'étaient tous essayés à différentes danses, avaient discuté avec les gens du coin, goûté ce petit vin étrange au parfum de vanille et de châtaigne. Les musiciens avaient fait une pause et chacun s'était restauré au grand banquet dressé par les danseurs. Ursule avait cédé à l'appel du jambon de pays tandis que Nadine gourmandait Maud de laisser la petite se nourrir un soir de plus de melon et de tarte aux fruits. Surprise, Ursule avait croisé Robert, accompagné de sa femme. « Té, mademoiselle Ursule. Dites, je vous aurais pas reconnue, vous avez pris des couleurs dans nos montagnes. » Elle n'avait pas pu s'empêcher de lui faire la bise, comme si elle l'avait toujours connu, le remerciant chaudement pour l'installation qu'il leur avait prêtée et pour son aide à son arrivée. Pierre-Louis les avait rejoints, après avoir salué une bonne partie des gens présents, pour manger un bout avec eux. Il l'avait ensuite emmenée sur la piste pour quelques danses.

— Si tu ne danses qu'avec moi, notre couverture risque de ne pas faire long feu.

— Je suis un très mauvais agent double : à mon arrivée, la moitié de la salle m'a demandé si ma copine venait…

— Qu'est-ce que je vais faire de toi, Pierre-Louis Pearson ?

Il la guidait à petits pas sur une valse lente, lui évitant de percuter les autres couples de la foule dense qui les entourait. À l'oreille, il lui dit :

— Tu me manques.

— Toi aussi. C'est long, quinze jours quand…

— … quand on voit le mois d'août arriver à sa fin.

Il regarda autour de lui pour s'assurer que leurs connaissances n'étaient pas dans les parages, avant de lui dire :

— Viens. Sortons.

Ils prirent une porte sur le côté de la scène et se retrouvèrent dans un étroit chemin que Pierre-Louis lui fit longer, la précédant en lui tenant la main.

— C'est donc ce soir que je meurs enterrée dans la forêt. Tu sais que j'ai ça en tête depuis que je suis arrivée.

— C'est pas le projet, non.

Ils s'étaient enfoncés un peu dans les fourrés avant de s'embrasser. Ursule avait défait la boucle de ceinture d'un Pierre-Louis surpris.

— Oh attends, si tu as ce genre de projet, on va aller un peu plus loin.

Ursule se dit qu'il était décidément parfois bien trop sage… Il n'opposa cependant aucune résistance. Elle l'aimait, ce grain de folie qui fleurissait dès qu'il en avait l'occasion. Oui, elle l'aimait. Il l'avait entraînée entre les arbres, à la recherche d'une cachette. De là où ils étaient, ils ne devinaient que le murmure des musiciens. Ils avaient ri tandis qu'ils griffaient leurs peaux sur l'écorce d'un arbre, chassant sur le sol les aiguilles de pin farceuses, empêtrés dans leurs vêtements, à la recherche l'un de l'autre. Cela avait été maladroit et drôle, excitant, inattendu et apaisant. Ils étaient restés assis un instant au pied de cet arbre, silencieux dans les bras l'un de l'autre, à regarder les étoiles.

Ils avaient rejoint le bal aussi discrètement que possible, croisant sur leur chemin, fumant sa clope accompagné de Laurent, un Gabriel hilare de les voir sortir innocemment des bois.

— Et c'est moi qui suis grave ?! avait-il lancé à Ursule tandis que Pierre-Louis levait les mains au ciel, faussement innocent.

À l'intérieur, Maud était assise à une table avec Joël. La petite Rose était profondément endormie tout contre lui, peu perturbée par la musique ambiante. Son amie regardait en souriant sa femme rire aux éclats, en passant de bras en bras dans une ronde rythmée. Paul, Jiji et Nathalie en étaient aussi, tous trois s'appliquant joyeusement à tricoter des jambes, essayant de copier les danseurs confirmés. Pierre-Louis désigna du menton le jeune Alex, en grande conversation avec une fille de son âge, blottis tous les deux à même le sol dans un coin. Leurs sourires et leurs peaux dorées sentaient les vacances que l'on aurait bien envie de prolonger. Pourtant, d'ici trois jours, ils auraient tous replié bagage. Elle passa tendrement les bras autour du cou de Maud. Elle voulait ne jamais oublier ce moment qui lui semblait parfait.

Ursule avait fait le chemin du retour avec Pierre-Louis, guidant les autres voitures sur les petites routes. Chacun s'était empressé, tous imprégnés de cette fatigue heureuse de fin de bal, d'aller se coucher. Ils étaient restés tous les deux à discuter, serrés sur la banquette arrière de la voiture. Ursule avait les yeux qui commençaient à se fermer. Elle lui dit :

— Reste avec moi ce soir.

— Tu es certaine ? Et tes amis ?

Elle sourit.

— Je pense qu'on n'a pas plus fait illusion qu'auprès des tiens. Je crois que Gabriel avait raison. Je ne peux pas leur cacher grand-chose et je n'en ai plus envie. Ils sont vieux… ils jugeront peut-être mais cela ne les empêche pas de m'aimer, alors ça va…

Ils étaient rentrés sans bruit dans la maison paisible et s'étaient réfugiés dans la petite chambre d'Ursule, retrouvant le bonheur de s'endormir l'un contre l'autre.

Le lendemain, tous passèrent silencieusement sur le fait que Pierre-Louis était resté pour la nuit. Silencieusement, mais non sans échanger des grimaces et des gestes obscènes avec Ursule dès que celui-ci avait le dos tourné, tandis que chacun mettait la main à la pâte pour dresser la table du petit déjeuner. Ils étaient tous là, comme trois mois plus tôt à la terrasse de ce café parisien. Nathalie avait noué un foulard bleu ciel dans ses jolis cheveux. Maud regardait sa fille dédaigner sa tartine de pain pour engloutir le melon qu'elle venait de couper. Paul, un plein bol de café fumant devant lui, regardait dans le vague, son épaule contre celle de Joël. À côté d'elle, Jiji avait passé un bras sur le dossier de sa chaise, lunettes de soleil sur le nez, et entamait une part de brioche beurrée. Le Gang dans sa forme la plus large, la plus pleine, la plus douce. Lou avait posé sa main sur sa cuisse et la regardait, tout sourire, observer ses amis. Elle posa un instant sa tête contre la sienne, fermant les yeux dans les rayons d'un soleil déjà bien haut.

— Bon, Sussu, c'est bien sympa de partager avec toi ton escapade au vert mais on part dans deux jours. Tu crois pas qu'il est temps de nous dire ce que tu fais de ta rentrée ?

Comme à son habitude, Paul n'y allait pas par quatre chemins. Nathalie tenta d'adoucir sa demande.

— Non mais on veut pas te bousculer non plus ma chérie, hein…

— On veut juste savoir où tu en es et si on peut t'aider à quoi que ce soit, lui assura Maud avec moins de fermeté qu'elle n'en avait l'habitude.

— Alors, est-ce que tu sais ce que tu veux faire en rentrant ? lui demanda Jiji.

Ursule leur sourit.

— Des gâteaux. C'est ça que je veux faire.

Alors elle leur expliqua. Elle avait pris l'habitude, depuis son arrivée, de faire de jolies photos de ses gâteaux qu'elle postait sur les réseaux sociaux. Au cours de l'été, voyant le nombre d'abonnés grimper, elle s'était prise à son propre jeu en élaborant de jolies mises en scène que ses amis avaient d'ailleurs pu admirer. Et puis elle avait reçu un message d'une connaissance. Laura se mariait au mois d'octobre et ne trouvait pas son bonheur chez les pâtissiers classiques. Elle avait vu les photos de gourmandises se multiplier sur le profil d'Ursule et avait pensé que cette dernière était en train d'en faire son activité. Elle lui avait demandé si elle comptait revenir en région parisienne et si elle accepterait de prendre en charge la partie sucrée de son buffet de mariage. Ce petit coup du sort était venu s'ajouter à ses envies du moment et aux nombreuses conversations qu'elle avait pu avoir avec Gabriel et Pierre-Louis. Quelques jours plus tard, elle contactait Laura pour lui dire qu'elle pouvait compter sur elle : elle et son futur mari seraient ses premiers clients. Et ce n'était pas tout. Elle avait créé un compte Instagram au nom de sa future entreprise.

— Ça s'appelle « Au bonheur de l'ours ».

Elle leur fit passer son téléphone. Elle y avait agencé joliment les différentes séances de photos faites avec les garçons. Ambiances douillettes et décors boisés. Photos estivales où les pâtisseries étaient mélangées à des corbeilles de fruits. Petit déjeuner aux brioches majestueuses. Pique-nique bohème aux grandes tartes aux décorations rustiques. Piles de pancakes d'où s'échappaient les traces de pas farinées de son indocile petite chatte. Elle avait fait parvenir ce profil à différentes connaissances. C'est Amine qui lui avait répondu le premier. Un ancien amoureux avec qui elle partageait régulièrement ses bonnes adresses de restaurants. Il était consultant spécialisé dans les traiteurs. Il mettait en relation les professionnels et les particuliers, et parfois les professionnels entre eux. Il l'avait mise en contact avec Leslie qui avait deux salons de thé à Paris. Les pâtisseries d'Ursule – cuisinées avec les fruits de saison dans un style très traditionnel – étaient le genre de produits que cette jeune entrepreneuse appréciait de servir à ses clients. Elles avaient pris rendez-vous pour une dégustation à son retour à Paris.

— Début septembre, je suis inscrite à une formation à la chambre de commerce pour gérer une société au mieux. Et puis j'ai regardé comment passer mon CAP pâtisserie en candidat libre. Les inscriptions se font en octobre. C'est ça que je veux faire. Des gâteaux.

Son arrivée ici et le travail qu'elle avait fait sur elle-même l'avaient amenée à se demander quand, pour la dernière fois, elle s'était sentie épanouie. Les mercredis après-midi passés avec sa grand-mère lui étaient revenus en mémoire. Elle avait voulu retrouver ce qu'elle ressentait dans ses souvenirs de petite fille quand elles cuisinaient ensemble. Et ces derniers mois, elle l'avait retrouvée, cette précieuse étincelle. Et elle comptait bien la garder. Et maintenant qu'elle les voyait tous, autour de la table du petit déjeuner, manger de bon appétit les brioches qu'elle avait faites, elle était sûre d'avoir pris la bonne décision.

Elle guetta leurs réactions en reprenant son souffle. Ils se mirent tous à parler en même temps. Avoir son premier client sans aucune publicité était un sacré signe. Elle avait bien raison. Oui, c'était ça qu'elle devait faire. Et puis le sucre et elle, c'était une histoire d'amour qui durait depuis de longues années. Nathalie était bien décidée à faire appel à elle pour les buffets sucrés de ses événements. Est-ce que tout le monde avait vu cette photo ? Un talent de mise en scène qu'elle leur avait caché durant toutes ces années. Dans le brouhaha ambiant, elle vit passer un tout petit nuage dans les yeux de Lou. Il lut l'interrogation dans les siens. Il eut un demi-sourire avant de lui dire.

— Alors… pas de chambre d'hôtes ici.

Elle aimait cette façon délicate qu'il avait de partager ses inquiétudes sans poser de question. Elle se rappela leurs premières rencontres et combien elle trouvait qu'il prenait toute la place. Mais c'était la seule chose que demandait Lou : qu'on lui en fasse une, de place.

— Oh, tu as raison, j'allais oublier.

Elle s'adressa à nouveau à tout le monde.

— Et je veux racheter la maison.

Ils firent silence.

— Enfin, Maud, si ta famille est d'accord. Je voudrais qu'elle fasse partie de ma société. Gabriel a commencé à faire des plans pour la transformer. Le projet est encore très foutraque mais je voudrais organiser des séjours de bien-être et partager avec d'autres ce que j'ai pu ressentir ici et... j'y habiterais une partie de l'année. J'y accueillerais d'autres professionnels ou leur louerais l'endroit pour des stages de yoga, de danse. J'y donnerais des cours de pâtisserie et de cuisine aussi. Et puis on pourra s'y organiser des séjours tous ensemble. Enfin, il y a tout un monde à imaginer ! À terme, je souhaiterais m'associer avec Éliane mais c'est encore un peu loin pour graver ça dans le marbre. Elle a besoin de temps pour finaliser ses formations.

Pierre-Louis avait retrouvé ce sourire qui lui faisait fermer les yeux dans ce tic qu'elle reconnaissait maintenant comme la manifestation de son trouble. Elle serra sa main dans la sienne. De l'autre côté, Jiji embrassa la joue d'Ursule.

— On dirait que tu ne fais pas les choses à moitié ! C'est génial tous ces projets !

— Tu vois, je t'avais dit que je ne vous quittais pas.

— Tu ne nous caches rien d'autre ?

— Plus rien je crois. Il y a encore une histoire d'application mais c'est une petite brique à mon projet.

Elle partagea avec eux la peur de cette nouvelle vie. Elle allait passer d'un job cadré où elle savait où elle allait, à une vie de déplacements où elle courrait de projet en projet et de ville en ville.

— Et peut-être même d'un pays à un autre, ajouta-t-elle à l'intention de Lou.

— Je prends ça, un « peut-être ».

La veille du départ, ils avaient tous filé à la rivière. Les bouteilles de rosé prenaient le frais dans l'eau et les glacières étaient remplies de melon coupé, de fruits frais, de salade de concombre et de feta aux grosses olives noires, de bacs remplis de yaourt parfumé à la fleur d'oranger mélangé à des quartiers de pêche et une grande barre de quatre-quarts. À la tombée de la nuit, ils feraient un feu et Gabriel et Laurent les rejoindraient pour leur dernière soirée.

— Je verrais bien des ours en rotin avec des couronnes de fleurs.

Maud et Ursule prenaient le soleil sur un rocher plat surplombant le trou d'eau dans lequel Nathalie se laissait doucement porter. Cette dernière avait proposé à Ursule d'organiser un événement pour le lancement de l'application et de son entreprise et réfléchissait déjà communication et décoration.

— Ça me plaît beaucoup. J'ai quelqu'un pour les fleurs…

— Arthur ! la coupa Maud en levant les yeux au ciel. Printemps 2012.

Ursule pinça son amie.

— Arthur, exactement. Je l'ai recontacté pour savoir s'il pouvait me donner des conseils sur les fleurs comestibles. J'ai rendez-vous avec lui le premier dimanche de septembre.

— Tu perds pas de temps.

Ursule marqua une pause, peu certaine de ce que Maud entendait par là.

— Je veux dire, pour ta réorientation. Tu es inscrite pour ta formation, le CAP en octobre, tu as déjà des commandes, tu as commencé à contacter des professionnels… Tu peux être fière de toi, ma Sussu.

Nathalie sortit de l'eau pour s'allonger entre ses deux amies et piqua un gros baiser frais sur la joue d'Ursule.

— Nous on l'est, en tout cas. Tu sors à nouveau de ta coquille.

— D'hibernation, la reprit Ursule. Arthur était content que je reprenne contact… et moi, qu'il me réponde. Il a quitté le centre de Paris. Avec son amie, ils ont une grande maison du côté de la vallée de Chevreuse et des jumelles de six mois. Je vais rencontrer tout ce petit monde. Je lui parlerai couronnes de fleurs.

Face à elles, Éliane et Lou jouaient dans l'eau avec Rose. Jeu qui consistait surtout à ce que les filles arrosent Pierre-Louis qui ne cessait de revisser une casquette à fleurs sur la tête de la fillette. Il lui frotta vigoureusement les épaules, elle commençait à grelotter. Elle se laissa faire quand il la prit dans ses bras pour l'emmener, suivi par Éliane, se sécher près de Nadine qui lisait à l'ombre. Maud fit un mouvement du menton dans leur direction.

— Et lui ? Il sera où le premier dimanche de septembre ?

Ursule eut un soupir de contentement en le regardant discuter et rire avec Nadine devant une Rose agitée sous son peignoir licorne. Le voir là, parmi ceux qu'elle considérait comme sa famille, lui gonflait le cœur. Tout le monde avait l'air de bien se fondre dans le paysage.

— Avec sa fille, à Londres. Avant ça, il monte avec moi jusqu'à Paris pour quelques jours.

La décision n'était pas bien vieille. Pierre-Louis lui avait dit vouloir synchroniser son départ avec le sien et Ursule lui avait proposé de passer quelques jours chez elle. Il s'était gentiment moqué en la voyant abaisser une nouvelle barrière, elle s'était dit que tout cela commençait à lui devenir plus naturel. Il lui laissait l'espace de se construire comme elle l'entendait et elle leur laissait une chance de se trouver une place dans cette vie nouvelle. Un essai de se réaliser l'un comme l'autre pour mieux se vivre à deux.

— Et elle a compris, ma sœur, qu'elle s'était fait doubler, ou bien ?

— L'embête pas. On en a parlé, tu penses bien. Elle m'a dit qu'il était trop vieux pour elle de toute façon. Par contre Nathaniel…

— Éliane tout craché.

Jiji s'étira à quelques mètres d'eux et se leva pour se mettre à l'eau.

— Et lui ? demanda Nathalie. Il comprend ?

Ursule et Maud tournèrent vers elle des visages surpris.

— On sait tous qu'il en a toujours pincé pour toi Ursule. Alors à voir les planètes s'aligner, je me suis demandé si ça allait finir par se passer entre vous… et puis tu nous as présenté Pierre-Louis.

Nathalie. Celle qui avait toujours compris. Même malheureux et blessé, Jiji restait le gentil garçon qu'ils aimaient tant. Il avait boudé un peu et puis un soir, il était venu taper à la porte d'Ursule. Ils s'étaient pris dans les bras, ils s'étaient rassurés, ils avaient pris le temps de se dire ces mots doux qu'ils s'échangeaient depuis de nombreuses années. Et puis Jiji avait posé des questions. Ils avaient parlé d'Éric et puis ils avaient parlé de Lou. Ils s'étaient endormis épaule contre épaule, comme lorsqu'ils avaient quatorze ans, comme dans leur vingtaine, comme toujours.

— Ça fait vingt-cinq ans qu'on ne sait pas trop comment s'aimer, je pense pas arriver un jour à faire autrement. Je dois vous dire que c'est ce qui me fait encore peur : je ne suis pas certaine de savoir comment on aime « bien ».

Maud lui prit la main.

— C'est pas vrai que tu sais pas bien aimer ma Sussu. Certains aiment timidement. Toi, tu aimes façon BTP. Tu nous construis à chacun notre petite cathédrale juste pour prendre soin de nous et y'en a qui sont tentés de pousser les murs. On a tous de la chance d'être aimés comme tu le fais.

Ça lui allait bien ça, l'amour BTP. Savoir faire tomber des murs et des barrières. Construire un autre monde, creuser du côté des vieilles pierres et repeindre la vie. Elle avait passé trois mois à revoir les fondations. Elle s'était aperçue que tout n'était pas à jeter. Elle avait apporté de nouveaux matériaux qu'elle avait ajoutés aux anciens qui lui étaient si précieux. C'était pas si mal de penser que l'amour, comme le bonheur, devait se construire. Finalement, c'était un peu comme en cuisine, se dit-elle en voyant Lou se mettre à l'eau pour les rejoindre, elle devrait pouvoir y arriver. Et puis trente-huit ans… c'était un bon âge pour établir sa propre recette…

Avis Talkycar Oursule : 5 étoiles, c'est trop peu pour vous recommander de faire un bout de chemin avec Robert. Faites-lui confiance, il sait où il vous emmène. Même quand vous êtes perdue.

Remerciements

Un grand merci à David et Marie, qui m'ont convaincus de ne pas faire de cette histoire des petits bateaux livrés aux canaux amstellodamois. Merci à tous les lecteurs et relecteurs de la première heure, tout spécialement à Audrey, Laurence et Margot. Vous êtes des perles. Et merci à Johnny Flynn qui m'a accompagnée durant ces mois d'écriture et qui n'a jamais été mordu par un ours donc...

Achevé d'imprimer en mars 2021
sur les presses de la Nouvelle Imprimerie Laballery
58500 Clamecy
Numéro d'impression : 103277

Imprimé en France

La Nouvelle Imprimerie Laballery est titulaire de la marque Imprim'Vert®